書下ろし

俺の美熟女

草凪 優

祥伝社文庫

目次

第一章　以心伝心

1

千載一遇のラッキーチャンスなのかもしれない。

これほど粒ぞろいの女たちを前にすることは、おそらく滅多にないことだ。

藤尾敦彦はそわそわと落ち着かなくなった。

近ごろ人気の個室居酒屋に集ったのは、三十歳の男三人と、二十代前半の女三人。いわゆる合コンである。

女性チームは三人とも歯科衛生士らしい。すらりと背の高いレースクイーンタイプ、栗色の巻き毛に大きな眼をしたアイドルふう、妙に恥ずかしそうにしている黒髪のはにかみ屋と、男のツボを押さえたタイプが各種取りそろっていて、タレント事務所の宴会にでもまぎれこんでしまったようだ。

おまけに三人中ふたりがやたらと派手だった。メイクも濃ければ、服の露出度も高い。胸元の大きく開いたシャツに素脚を剝きだしにしたショートパンツ、カラフルなペディキュアに華やかなミュールという解放感満点の装いで、どうぞお持ち帰りしてくださいと言わんばかりの、妖しいフェロモンを漂わせている。

対する男性チームは、敦彦の会社の同期三人組。冷凍食品を主に扱っている食品メーカーの、営業部の面々である。名の知れた企業ではないけれど、待遇も悪くないし、身だしなみには気を遣っている。合コンの相手として、それほどポイントは低くないと思う。少なくない自信と過大な期待が雄々しい熱気となって、他のふたりからムンムンと伝わってきた。

「ちょっと失礼」

自己紹介が一巡したところで、敦彦は席を立ってトイレに向かった。用を足し、溜息まじりに手を洗っていると、名越明良がやってきた。

「奇跡だな」

顔が上気しているのは、酒のせいだけではないようだった。

「こんなレベルの高い合コン、滅多にないぞ。よりどりみどりのハズレなし。宝くじにでも当たったような気分だぜ」

合コンに参加するのが初めてである敦彦にも、そのありがたみは感じられた。

「カオリとリサは、今晩にでもやれるね。やってくださいって、顔に書いてあるもんな。真面目(まじめ)に付き合うなら黒髪のマナミだろうけど、俺は今夜中に一発キメたいから、カオリとリサの二択で行く。荒川(あらかわ)もたぶんそうだろう」

荒川というのは、もうひとりの同期である。

「おまえ、どうする?」

「どうするって言われても……」

敦彦は首をかしげるしかなかった。

「今日のところは、合コンっていうのがどういうものなのか見にきただけだから、おまえらのフォローに徹(てっ)するよ」

「なんだよ、ノリの悪いこと言ってんじゃないよ。彼女が欲しいんだろ? 結婚したいんだろ? だったらマナミちゃんに突撃すればいいじゃないか。身持ちの堅(かた)そうなああいうタイプは、きっといいお嫁さんになると思うぜ」

彼女が欲しいのも、結婚したいのも、その通りだった。しかし、どうにも気分が乗らない。マナミという女のせいではない。こけしのように可愛い二十二歳だから、名越や荒川のような肉食系ヤリチン野郎が相手でなければ、人気を独(ひと)り占(じ)めにしていてもおかしくない。

問題は自分のほうにある、と敦彦は思った。

席に戻ってもハジけることができず、ノリノリで女たちのご機嫌をとっている名越や荒川を尻目に、黙って酒を飲みつづけた。ヤリチン野郎どもをフォローする気など最初からなかった。一次会がお開きになると、

「じゃあ、二次会はカラオケで！」

と名越が叫び、女性陣たちも大いに盛りあがって拍手した。

「悪いけど、俺はここで……」

敦彦が帰る素振りを見せると、

「おいおい、まだ九時過ぎだぜ」

名越が呆れた顔で言った。

「夜はこれからじゃねえか。帰るってなんだよ」

「なんか具合悪くてさ。夏風邪でもひいたかな。明日も早いし、今日は大事をとって早寝するよ」

ブーイングを背中で断ち切り、駅に向かった。地下鉄に乗りこんだものの、どうにもまっすぐ帰る気になれず、ターミナル駅で途中下車した。

向かった先は、繁華街のはずれにあるバーだ。カウンター席のいちばん端で、見慣れた後ろ姿の女が、ひとりで飲んでいた。飲み足りなかったわけではないので、安堵の溜息をもらした。彼女に会いたくて、この店に立ち寄ったのだ。

「どうも」

笑顔を浮かべて、隣の席に腰をおろす。

「おひとりですか？」

「見ての通りよ」

竹内久仁香は、つまらなそうな顔で言った。彼女は三十九歳、大手アパレルメーカーの広報部に籍を置く、バリバリのキャリアウーマンだ。髪型にもメイクにも服装にも、一分の隙もない。今日は紫を基調にした花柄のブラウスに、ぴったりとヒップを包んだ黒いミニスカートだ。この店でよくひとりで飲んでいるが、男に声をかけられるところを見たことがない。気安く声をかけられないオーラがあるので、どこへ行ってもナンパとは縁がないに違いない。

ただし、何事にも例外はある。

敦彦は、この店で久仁香に声をかけた。最初は嫌がられたが、打ち解けるのに時間はかからなかった。左手の薬指にはめている指輪を褒めたからだ。褒めておいて、意味ありげに笑った。言葉にせずとも、それだけで通じた。通じる相手だと思ったからこそ、声をかけたのである。

黙って水割りを飲んでいると、

「どっかで飲んできたの？」

久仁香が訊ねてきた。

「同期に誘われて合コンに。死ぬほど退屈でした」

敦彦は笑ったが、久仁香はニコリともしなかった。冷淡な眼つきで敦彦を一瞥（いちべつ）すると、バッグから銀のボールペンを取りだし、親指の上でくるくるとまわしはじめた。彼女はよく、そうやってボールペンで遊んでいる。くるくるまわしては、つまらなそうな顔でロックグラスを口に運ぶ。彼女は酒が強い。いつもシングルモルトを何杯も飲んでいるが、酔ったところを見たことがない。

ボールペンが床に落ちた。

一瞬の間があり、

「拾ってちょうだい」

久仁香は横顔を向けたまま言った。

敦彦も一瞬、間をとった。久仁香がロックグラスを口に運ぶ。敦彦はスツールからおりて、ボールペンを拾った。ミニスカートから伸びた美しい脚が、ストッキングの光沢に包まれていた。夏でもしっかりとストッキングを着けているところが、好感度が高い。靴は黒いハイヒール。踵が七、八センチはある。曇りなく磨きあげられて、エロティックな輝きを放っている。

敦彦は息が苦しくなるほどの興奮を覚えていた。

若い女にはあり得ない、濃厚な色香が伝わってくる。若い女はつまらない。欲望と向きあうことで得られる色気がない。自分がスケべな女だと認めることによって、女は艶やかにもなるし、羞じらいも生まれる。

「どうぞ」

敦彦が笑顔でボールペンを渡すと、久仁香は礼も言わずに受けとって、チェックを済ませた。店を出ていく久仁香を横眼で見送りながら、敦彦は残った酒を飲み、グラスが空になると席を立った。

店を出ると、久仁香が待っていた。黙って歩きだし、敦彦もそれに続く。夜闇の向こうに、ラブホテルのネオンが揺れていた。彼女がいまのバーを気に入っている理由がこの立地条件にあることを、敦彦はよく知っている。

2

窓のない密室でふたりきりになるなり、敦彦は久仁香を抱きしめた。いささか強引に唇を重ね、舌をからめあわせた。

そこはまだ玄関だった。大きな姿見があり、むさぼるようなキスをしている男と女を映しだしている。男は三十歳・独身、女は三十九歳・人妻——背徳的な組み合わせだ。男がごく一般的なサラリーマンであるのに対し、女が有能なキャリアウーマンというのも、ギャップに拍車をかける。

敦彦はひどく昂ぶっていた。

キスを続けながら、黒いストレッチ素材のミニスカートに包まれた尻丘に、両手の指を食いこませて揉みしだいた。

「ああっ……」

あえぐ久仁香は、敦彦よりも興奮している。気安く声をかけられないオーラが霧のように消えていき、かわりに獣の牝の匂いが立ちこめてくる。

敦彦は、腕の中にいる久仁香の体を反転させ、鏡と向きあわせた。眼の下をねっとりと紅潮させた年上の女と、鏡越しに視線を合わせ、意地悪な笑みを浮かべてやる。

「いやらしい女が映ってますよ」

黒いミニスカートを、やにわにずりあげた。

「いやっ！」

久仁香が恥ずかしげに顔をそむける。だが、抵抗はできない。彼女は辱められるほど燃えていく、マゾヒスティックな傾向があるのだ。とくに、セックスが開始された直後は……。

「いやじゃないでしょ？　見てほしいんでしょ？」

敦彦は股間に右手を伸ばしていった。ナチュラルカラーのパンティストッキングに、赤いショーツが透けている。透けることで、股間にぴっちりと食いこんだランジェリーがひときわいやらしく見える。

敦彦は、パンストのセンターシームに沿って、指を這わせていった。下から上へ、下から上へ、触るか触らないかのフェザータッチで恥丘を撫でてやると、久仁香は淫らがましく腰をくねらせた。

「ああっ、いやっ……」

紅潮して歪んだ顔も、みじめにミニスカートをずりあげられている下半身も、鏡にしっかりと映っている。そのことが、三十九歳のキャリアウーマンをなおさら羞じらわせる。
もちろん、彼女が羞じらえば羞じらうほど、敦彦は興奮する。特別、サディスティックな性癖があるわけではないが、女が羞じらいながら欲情していく姿は、男なら誰だって大好物だろう。

「あああっ！」

後ろから左脚を抱えあげると、久仁香は痛切な悲鳴をあげた。鏡に映った姿がますますみじめになっただけではなく、女の急所が無防備になった。両脚で立っている状態では届かなかった部分に、敦彦はすかさず右手を伸ばしていった。アヌスから割れ目にかけて、ねちっこく刺激してやる。

「ああっ、いやっ……いやあああっ……」

久仁香は喉を突きだしてのけぞり、ガクガクと腰を震わせる。まだ二枚の下着越しに愛撫しているだけなのに、激しすぎる反応だ。敦彦の右手には、淫らな熱気がムンムン伝わってきている。下着の奥ではすでに、発情の蜜をしとどに漏らしているらしい。

敦彦は、久仁香の両手を鏡につかせた。その状態で尻を突きださせ、立ちバックの体勢にうながす。もちろん、結合にはまだ早い。突きだされた尻の双丘を、じっくりと撫でまわす。ショーツがTバックなので、丸々と熟れた尻丘を覆っているのは、極薄のストッキングだけだ。ざらついたナイロンの感触と、どこまでも丸い尻のフォルムが、いやらしすぎるハーモニーを奏でる。時を忘れて撫でまわし、陶然としてしまう。

「くぅうっ！」

桃割れをすうっと撫でてやると、久仁香はくぐもった声をもらした。

「鏡を見ててくださいよ」

敦彦は命じた。

「誰になにをされているのか、よく見てるんです。自分がどんな格好で、どんな顔をしてるのかも、よーく……」

すうっ、すうっ、と桃割れを撫であげながら、鏡越しに視線を合わせる。久仁香の顔は真っ赤に染まり、くしゃくしゃに歪んで、いまにも泣きだしてしまいそうだ。それでも必死に眼を凝らし、こちらを見てくる。命令に従わなければ、先に進まないことを知っているからだ。

「すごい熱いですよ……」

敦彦は割れ目に指を這わせながらささやいた。熱いだけではなく、じっとりした湿り気まで伝わってくる。指先がクリトリスの上を通過すると、久仁香は小さく腰を跳ねさせて身をよじった。たまらないようだった。ハイヒールの中で、足指を丸めているのがはっききりとわかった。

ビリビリッ、と音をたててストッキングを破ると、

「あああっ！」

久仁香は悲鳴をあげて、両脚を震わせた。欲情ばかりが伝わってきた。あるいは、ふしだらな期待だ。ようやく直接的な刺激を得られると、羞じらいながらも胸を高鳴らせているようだ。

「もっと突きだしてくださいよ」

敦彦はＴバックショーツを片側に寄せながら言った。

「オマンコを突きだすんです。そうしないといじれないでしょ」

「ううぅっ……くぅううっ……」

久仁香は必死に腰を屈め、尻を突きだしてくる。桃割れの奥に隠れている、発情の蜜をしたたらせている部分に刺激を求め、ひどく滑稽な姿になるのも厭わない。

敦彦は両手で尻の双丘をつかみ、ぐいと割りひろげた。剝きだしになった肛門と割れ目に、熱い吐息を吹きかけてやる。久仁香はあえぎながら、激しく両脚を震わせる。息を吹きかけただけで立っていられないほどよがるなんて、なんとスケベな女なのだろう。

アーモンドピンクの花びらに、そっと触れた。縁のあたりを軽くかすっただけで、久仁

香は獣じみた悲鳴をあげた。熟れすぎた体と敏感になりすぎた性感には、微力な刺激のほうが効果がある。

「あああっ……はぁあああっ……」

久仁香はもっと触ってとばかりに尻を振りたてながら、内腿まで蜜を垂らしていく。尻の穴にまで熱い視線を注がれているのに、羞じらうこともできないまま、どこまでも発情しきっていく。

敦彦が本格的に指を使いはじめると、底なしの欲望を隠すことすらしなくなった。

「ああっ、いいっ……とってもいいっ……」

震える声で言いながら、鏡越しに濡れた瞳で見つめてくる。肉欲の前にプライドを捨て、媚びるように見つめてくるその顔が、敦彦は嫌いではなかった。思わず抱きしめたくなるが、甘やかすのはまだ早い。彼女が欲しがっているものを与える前に、まだたくさんすることがある。

「いやらしいなっ！」

スパーンッ、と尻を叩くと、

「ひいいっ！」

久仁香は尻尾を踏まれた猫のように飛びあがった。それでも、尻を突きだすのをやめない。敦彦の指が、濡れまみれた花園をねちゃねちゃといじりまわしているからだ。

「自分でも思ってるでしょ？　わたしはなんていやらしい女なんだって。いい女ぶってバーで飲んでるくせに、ちょっとオマンコいじられただけで、この有様だ」

「いい女ぶってなんて……」

久仁香が鏡を見たまま小刻みに首を振ったので、

「ぶってるでしょっ！」

スパーンッ、と敦彦は、二発目の平手打ちをお見舞いした。

「ひいいーっ！」

「おまけに、これ見よがしに高そうな結婚指輪つけて……なんのための人妻アピールですか？　普通の人とは逆に、人妻だから後腐れなく遊べるって、そう言いたいんでしょ？」

スパーンッ、スパパーンッ、と続けざまに打つと、

「ひいいっ！　ひいいいーっ！」

さすがの久仁香も、膝を折って尻を引っこめようとしたが、そんなことはさせなかった。膝を折る直前に、右手の中指を蜜壺に埋めこんでやった。奥で指を鉤状に折り曲げ、しゃがみこめないようにフックした。

「あああーっ！」

痛烈な刺激に久仁香は眼を白黒させ、全身をガクガク、ぶるぶると震わせた。敦彦は、鉤状に折り曲げた指を抜き差ししはじめた。最初は、しゃがみこめないように後ろの壁を刺激していたが、やがて前の壁――Ｇスポットを集中的に責めていった。そうしつつ左手でクリトリスをいじってやれば、久仁香はひいひいと喉を絞ってあえぐばかりになる。まだ服も脱いでいないのに、オルガスムスに駆けあがっていきそうになる。

もちろん、そうはいかない。

「いっ、いやいやいやっ……そっ、そんなにしたらっ……」

イキそうになると、蜜壺から指を抜いて、スパーンッと尻を叩いた。

「ひぎぃっ！」

滑稽にのけぞる久仁香をせせら笑いながら、敦彦はすぐに指を戻して抜き差しを再開する。クリトリスもねちっこくいじってやる。なんならアヌスに舌まで這わせ、女の急所三点責めで絶頂寸前まで追いこんでは、鬼気迫るスパンキングでたっぷりと悲鳴を絞りとる。ビリビリとストッキングを破き、月のように白い生尻に平手打ちをお見舞いして、無残に腫れあがらせていく。

「ああっ、いやあああっ……いやあああああーっ！」

絶頂を逃すたび、久仁香は鏡越しにすがるような眼を向けてきた。大粒の涙で頬を濡らし、荒ぶる呼吸で閉じることのできなくなった口から涎まで流して、オルガスムスをねだってきた。

「そんなに簡単にイカせてもらえると思ってるんですか？」

敦彦は熱を帯びた声で言い、愛撫とスパンキングを繰り返した。ほとんど陶酔していた。若い女が相手では、これほどの陶酔感が味わえるわけがなかった。

3

世の中には十万円を超える高級ソープランドがあるという。

行ったことはないけれど、十万出そうが二十万出そうが、これほど刺激的なプレイが堪能できるとは思えない。

ベッドの前に移動すると、久仁香はしおらしく敦彦のスーツを脱がしてくれた。ジャケットとズボン、それぞれきちんとハンガーに掛け、敦彦がベッドに腰をおろすと、足元にしゃがみこんで今度は靴下を丁寧に脱がしてきた。

ひどくそわそわしているのは、結局一度もイカせてもらえなかったからだ。立っていられなくなるまで指責めとスパンキングで翻弄され、息はすっかりあがっているのに、久仁香の顔に満足感はなく、やるせなさばかりに彩られている。

靴下の次はワイシャツ、ネクタイ、そしてブリーフだ。

久仁香が両サイドに手をかけると、敦彦は尻を浮かせた。ブリーフがめくりさげられ、勃起しきった男根が唸りをあげて反り返った。

我ながら、呆れるほどの勃ちっぷりだった。臍を叩く勢いで反り返っているだけではなく、先端が恥ずかしいくらい濡れている。

刺激を求めているのは、久仁香だけではなかったのだ。欲情しまくった熟女を前に、挿入をこらえていじめつづけるにはかなりの忍耐力が必要だった。今度はこっちが、たっぷりとサービスしてもらう番である。

敦彦がベッドにあお向けになると、久仁香はそそくさとブラウスのボタンをはずしはじめた。

「誰が脱いでいいって言ったんですか?」

意地悪を言ってやると、

「えっ……」

久仁香は泣きそうな顔になった。

「冗談ですよ。そのかわり、できるだけエッチに脱いでくださいね」

「そんなこと言われても……」

久仁香は困惑顔で花柄のブラウスを脱ぎ、赤いブラジャーを露わにした。ミニスカートを脱ぐと、ビリビリに破られたストッキングが敦彦の眼に飛びこんできた。ストリッパーのように扇情的な表情や仕草をしなくても、充分にエロティックだった。スタイルだけでエロいのが、久仁香という名の熟女なのだ。

顔立ちはシャープで知的なのに、体つきは豊満だった。バストやヒップがビッグサイズであるだけでなく、年相応に脂がのっている。着こなしがうまいので服を着ているとそうは見えないけれど、意外に贅肉がついているのだ。

久仁香はそれがコンプレックスらしく、若いころはいまより何キロも痩せていたとしきりに口にする。女という生き物は、痩せているほどいいスタイルだと思いこんでいる。なるほど、スレンダーなほうが服のチョイスに幅が出る。生まれついての着道楽である女たちは、あと何キロ痩せればあの服が着られると、三百六十五日ダイエットのことばかり考えている。

だが、男に言わせれば、服が似合うとか似合わないとか、そんなことはどうだっていいのだ。痩せている女は抱き心地が悪い。適度に贅肉がついていたほうが、見た目もいやらしければ、触り心地もいい。抱きしめたときに、女らしい柔らかさを堪能できる。

久仁香がブラジャーをはずした。

タプンと音がしそうな重量感に、敦彦は息を呑んだ。ゆうにGカップはありそうな乳房(ちぶさ)は、裾野(すその)がやや垂れている。乳首(ちくび)の位置も低く、乳暈(にゅううん)も大きい。なんだか垂れ眼のパンダのようだが、いやらしかった。眼の下を赤くして羞じらっている久仁香の表情が、いやらしく見せるのだ。

なるほど、若いころはもっと綺麗な体をしていたのかもしれない。崩(くず)れたボディに無遠慮な視線を浴びせられるのは恥ずかしくてしようがないのだろうが、四十路(よそじ)も目前になってみれば、恥ずかしがることもまた、恥ずかしいのだ。若い女のように、両手で胸を隠したりすることができない。

堂々としているようで恥ずかしさを隠しきれず、もじもじと身をよじりながら中腰になってショーツを脱ぐ久仁香の姿には、熟女好きを自認する男たちが求めてやまないエロスがある。羞じらいながらも、羞じらいの向こう側にある肉の悦(よろこ)びに胸を躍らせ、ベッドにあがってくる。

一刻も早くオルガスムスを嚙(か)みしめたいのだろうが、今度は自分が奉仕する番であることを、彼女はよくわかっていた。あお向けになった敦彦の両脚の間で四(よ)つん這(ば)いになり、野太く反り返った男根をチラリと見て息を呑んだ。

「相変わらず……立派ね」

嚙みしめるように言い、根元に指をからめてきた。その手つきだけで、先端から熱い我慢汁が噴きこぼれた。すりっ、すりっ、と軽くしごかれると敦彦の腰は反り返り、顔が燃えるように熱くなっていった。

掛け値なしに練達な手コキだった。経験の豊かさがなせる技なのか、男の快感のツボを熟知している。女がそうであるように、男だってソフトな愛撫のほうが感じるのだ。時折ＡＶで高速手コキを見るが、あんなもの気持ちがいいわけがない。ヘッドバンギングのような勢いで頭を振るフェラチオも同様だ。久仁香が根元をしごくリズムは、粘りつくようなスローピッチである。

「すごい……あふれてきた」

鈴口から噴きこぼれた我慢汁を見て、久仁香が眼を細める。期待に蕩ける淫らな顔つきで唇を尖らせ、チュッと吸ってくる。

「おおおっ……」

敦彦は思わず声をもらしてしまった。吸われた瞬間、勃起しきった男根の芯が熱く疼いた。ねろり、ねろり、と亀頭に舌を這わされると、あまりの快感に身をよじらずにはいられなかった。

マゾヒスティックな傾向をもつ久仁香も、自分が責めているときはややS寄りの表情を見せる。上目遣いの視線で男を挑発しながら、舌を踊らせ、唇でしゃぶりあげてくる。そういう意味で、彼女はドMではなかった。つまらないカテゴライズにとらわれることなく快楽を追求する、ただのドスケベな熟女だった。料理の皿まで舐めるような貪欲さが、熟女のセックスの真骨頂なのである。

「おおおっ……おおおおっ……」

敦彦が声をもらし、身悶えるほどに、久仁香は濡れた瞳を輝かせ、愛撫に熱をこめてくる。

「いいのよ、もっと声を出して……」

甘くささやき、唾液まみれの男根に頬ずりする。

「そのほうがわたしも興奮するから……ほら……ほらあ……」

亀頭をしゃぶりあげては、手指で玉袋をあやしてくる。舌先を尖らせて裏筋をくすぐっては、カリのくびれをねちっこく舐めまわす。それだけでは飽き足らず、根元まで深々と咥えこんでは、喉奥で亀頭を締めつける秘技まで披露する。

敦彦は完全に翻弄されていた。

いっそこのまま放出してしまおうかと、久仁香にフェラチオされるたびに思う。放出したら、すさまじい快楽が訪れるだろう。彼女のことだから、ただ口内で精を受けとめるだけではなく、射精と同時に鈴口を痛烈に吸ってくるかもしれない。あるいは発作が終わりかけてもしつこく吸引し、射精をどこまでも延長してくるだろうか。いずれにせよ、ただの放出とはまた違う、痺れるような快感を味わえることは間違いないように思われる。

想像するだけで身震いが起こりそうだったが、やはり、このまま果ててしまうわけにはいかなかった。

「そろそろ、またがってもらいましょうか」

敦彦は、玄関でサディスティックに責めていたときの表情を取り戻し、久仁香に命じた。遊びとはいえ、自分ばかりが気持ちよくなることには抵抗があった。遊びだからこそ、相手も充分に満足させなければ、二度と誘われなくなる不安もある。

久仁香はフェラチオを中断すると、上体を起こして敦彦の腰にまたがってきた。騎乗位だ。彼女とはもう、十回ほどベッドインしている。ひと通りの体位を試してみたが、騎乗位がいちばん相性がいい。つまり、彼女がイキやすい。

「そうじゃないでしょ」

敦彦は叱りつけるように言った。久仁香が両脚を前に倒したまま、挿入の体勢を整えようとしたからだ。

「少しはこっちのことも考えてくださいよ。もっといい眺めの繋がり方があるじゃないですか」

「ううう……」

久仁香が紅潮した頬をひきつらせる。男にとって眺めがいいということは、女にとってはたまらなく恥ずかしい格好だ。

「さあ、脚をひろげて……」

敦彦は、久仁香の両膝を立てさせた。さらに、むちむちした左右の太腿の下に手を添えて、大胆なM字開脚へとうながしていく。優美な小判形に茂った草むらの向こうに、アーモンドピンクの花びらがチラチラ見える。

「くっ……くぅうっ……」

結合部が丸見えの格好に身悶えながら、久仁香は男根をつかんで両脚の間に導いた。膨張しきった亀頭を、濡れた花園にあてがった。羞じらいつつも欲望を抑えきれないのが、ドスケベ熟女の面目躍如だ。

「腰を落としてください……ゆっくりね……」

「ううう……あああっ……」

久仁香が腰を落としてくる。いっそ一気に咥えこんでしまいたい、と思っていたようだが、そうはさせなかった。亀頭を呑みこんだあたりで、敦彦は両腿を支える手に力をこめた。中腰の状態をキープさせたまま、下から律動を送りこみ、浅瀬をぬちゃぬちゃと穿ってやる。

「いっ、いやっ……あああっ……」

眼の下を紅潮させきった久仁香は、摩擦の刺激に身をよじる。けれども、乱れるためにはもっと奥まで欲しい。乱れたいのに乱れられないもどかしげな表情が、敦彦を燃えさせる。両腕が痺れるまで左右の太腿を支えつづけ、粘りつくような肉ずれ音をたててやる。奥からあふれた蜜が、血管の浮きたつ肉竿に垂れてくる。

「もうちょうだいっ……奥までっ……奥までっ……」

「まだだっ……まだ我慢するんだっ……」

「できないっ！　もう我慢できないいいいーっ！」

久仁香が全体重をかけてくる。勃起しきった男根を、ずぶずぶと奥まで咥えこんでいく。

「はっ、はぁうううーっ！」

最後まで腰を落としきると、歓喜の悲鳴をあげた。

「おっ、奥まできてるっ……いちばん奥まで届いてるううううーっ！」

叫ぶなり、動きはじめた。股間をしゃくるようないやらしすぎる動きで、M字開脚のまま腰を振りはじめた。

敦彦は一瞬、全身を硬直させて動けなくなった。見た目も衝撃的だったが、久仁香の腰振りはとにかく気持ちいい。ヌメヌメした密着感に息を呑み、下から腰を動かすこともできなくなる。

だが、こちらが動けば、さらに気持ちよくなる。敦彦はまず、淫らにグラインドしている腰を両手でつかんで、腰振りのサポートをした。ボートを漕ぐようなピッチで引き寄せてやると、彼女がひとりで腰を振っているより、結合感がいや増した。動きも大きくなる。さらに、下から男根を突きあげてやれば、久仁香はもう、半狂乱だ。いちばん奥のさらに奥まで、亀頭が届く。

「ああっ、いいっ！　すごいいいいーっ！」

髪を振り乱し、豊満な乳房を揺れはずませてあえぐ久仁香は、男の上で大股開きを披露していることすら忘れて、肉の悦びに溺れていく。みるみるうちに、顔はもちろん首や胸元まで生々しいピンク色に上気させ、呼吸を切羽つまらせていく。

騎乗位のいいところは、男が余裕をもてるところだった。敦彦はブリッジするように腰を浮かし、奥の奥までぐりぐり刺激しながら、右手を結合部に伸ばしていった。濡れた草むらを掻き分けてクリトリスを探し、親指ではじくように刺激しはじめた。

「はっ、はぁううう──っ！」

久仁香が焦った顔で見つめてくる。

「そっ、それはダメッ……そんなのダメッ……そんなのっ……そんなのっ……はっ、はぁああああ──っ！」

ビクンッ、ビクンッ、と腰を跳ねさせて最初の絶頂に駆けあがっていく熟女の姿を、敦彦は血走るまなこでむさぼり眺めた。

4

コーヒーの香りで眼を覚ました。

射精を遂げたあと、眠りに落ちてしまったらしい。久仁香はすでに服を着ていた。シャワーも浴びたのだろう。セックスのあとにコーヒーを飲むのは、彼女のいつもの習慣だった。

「どうぞ」

ソーサーに乗せたカップをベッドまで運んできてくれた。

「すいません……」

敦彦は頭を掻きながら体を起こした。向こうが服を着て、身繕(みづくろ)いもすっかり整えているのに、自分ばかり全裸のままなのが少し気まずい。いつも思うことだが、こちらの射精は一回で、久仁香は三回も四回もイッている。なのに、いつだって久仁香のほうが元気を取り戻すのが早いのはなぜだろう。

コーヒーを飲んだ。

インスタントだがおいしかった。

セックスのあと、久仁香と過ごすこのひとときが、敦彦は好きだった。ピロートークならぬコーヒートークで、ざっくばらんに話ができる。お互いに欲情という肩の荷をおろしているので、気持ちが軽く、舌がなめらかに動く。

セフレになった人妻はいままで何人もいるが、このコーヒータイムのおかげで、久仁香はいささか特別な存在だった。歳の離れた姉と弟のように仲良くなり、プライベートな話までするようになった。

なぜセックスのあとにビールではなくコーヒーを飲むのか、以前訊(たず)ねたことがある。気持ちをシャンとして、夫の待つ自宅に帰りたいのだそうだ。爛(ただ)れたセックスに溺れていたことなど、夫の前ではおくびにも出さないのが、彼女なりのルールらしい。

不思議な女だった。

人妻のくせに発展家というのは、いまどき珍しい存在ではないのかもしれない。バーでボールペンを落とすのは、「今日はセックスＯＫ」のサインなのだ。おそらく、敦彦の他にも、彼女には複数のセックスフレンドがいる。サインまで同じかどうかわからないけれど、おそらく似たようなやり方で男を誘い、窓のない密室で淫らな汗をかいている。

不思議なのは、そのくせ夫婦仲が悪くないと言い張っていることだった。浮気はしても、夫のことを心から愛しているらしい。

見栄や虚勢(きょせい)で言っているのではないような気がした。夫の話をするとき、彼女は本当に楽しそうな顔をする。弁当をつくってサイクリングに行ったとか、今度の夏休みに海外旅行を予定しているとか、他愛ないことで子供のようにはしゃいでいる。有能なキャリアウーマンでも、淫乱な熟女でもない、敦彦の知らないもうひとつの顔を、夫の前では見せているらしい。

「……なによ?」

クスリと久仁香が笑った。

「わたしの顔になんかついてる?」

「いえ……」

敦彦は溜息まじりに苦笑した。つい、まじまじと見つめてしまった。先ほどまで獣のようにあえいでいたのが嘘のような、すっきりした顔をしている。

「実は、その……悩みがひとつあるんですが……」

「なによ？」

「俺、結婚したいなって……」

「わたしと⁉」

久仁香が大仰に眼を丸くしたので、

「違います、違います」

敦彦はあわてて言った。

「まだ相手はいないけど、誰かと家庭をもちたいなって……」

「あー、びっくりした」

久仁香は胸を撫で下ろし、楽しげに笑った。

「いいじゃないの、結婚。したいなら、婚活すればいいんじゃない？」

「問題がありまして」

「会社を馘になりそうなの？　経済力のない男は、女を幸せにできないわよ」

「違いますよ。俺ってほら……好みがあれじゃないですか？」

「あれ？」

「熟女が好きじゃないですか、若い女より」

「いるでしょ、たくさん。独身の熟女なんて、いまどきいくらでも」

「そうですかね？　俺のまわりには案外いなくて……だから若い子との合コンに出てみたりしたんですけど、これがもう、まったく食指が動かない……」

「ふうん」

久仁香は意味ありげな眼つきで見つめてきた。

「じゃあ、わたしの知りあいを紹介してあげましょうか？」

「ええっ？　それはなんか……まずくないですか？」

「なんでよ？」

「だって、ほら……」

「わたしとセフレだったなんて、言わなきゃわからないって」

「まあ、そうかもしれませんけど……」

「ちょっと待って」

久仁香はバッグからタブレットを取りだし、画像を探しはじめた。

「つい先週の話よ。大学時代の後輩が結婚して、サークルのＯＧが式に大集合したわけ」

「なんのサークルです？」

「ダンス部」

「へええ……」

なるほど、それで騎乗位での腰のキレがいいんですね、と言おうとしたが、話が横道にそれそうなのでやめておいた。

「見て、見て」

タブレットを差しだされた。

「これみんな同期の同い年よ。半分以上独身だったな」

「マジすか……」
十五、六人が集まった集合写真を見て、敦彦は息を呑んだ。結婚式なので、みなそれなりに綺麗に着飾っているが、それを差し引いても眼を惹く女が揃っている。生活感あふれるおばさんじみた女なんてひとりもいない。そういえば、久仁香が卒業したのはお嬢さま学校として名高い女子大だ。お嬢さまは、年をとっても老けこまないものなのかもしれない。
「この子も、この子も、この子も独身……この子は離婚調停中……」

「やっぱ、バツイチが多いんでしょうか？」

「まあね。でもいいじゃない、バツイチだって」

「うーん、べつにいいんですけど……」

たしかに、若い女よりは、バツイチの熟女のほうがいいような気がする。考えようによっては、一度失敗しているわけだから、二度と失敗しないように努力だってしてくれるかもしれない。たとえば、セックスレスで離婚したなら、セックスレスにならないように、あの手この手でセクシーな誘惑をしてくるとか……。

ただ問題がないではない。

「子供はどうなんですか？」

「シングルマザー率は高いわね」

やっぱり、と敦彦は肩を落とした。さすがに、いきなり人の親になる自信はなかった。それに、こちらは初婚なのだから、まずはふたりきりの甘い新婚生活を楽しみたい。裸エプロンとか、お互い一日中全裸で過ごすとか、そういう馬鹿なことだってやってみたい。

「あのね……」

久仁香が諭(さと)すように言った。

「本気で結婚したいなら、条件とかなんとかは、いったん脇に置いておいたほうがいいと思う。好きになった相手に子供がいたなら、そのときに真剣に考えてみればいいだけの話よ。最初から、バツイチはちょっととか、シングルマザーは無理なんて言ってたら、恋の女神は微笑(ほほえ)んでくれませんね」

「……なるほど」

それはその通りかもしれないと、敦彦は反省した。心から愛しているシングルマザーと、そうでもないが初婚の女と、どちらと結婚すれば幸せになれるか、答えはあきらかである。

「わたしはこう思うのよ。重要なことを決めるとき、結局はインスピレーションがいちばんあてになるって」

「インスピレーション、ですか……」

「たとえば、この写真の中だったら、誰がいい？　個人情報はいっさいなしで、直感を頼りに選んでごらんなさい」

「……しばしお待ちを」

敦彦は眉間(みけん)に皺(しわ)を寄せて、タブレットの画像を凝視した。たしかに粒ぞろいだったが、よく見ると美人タイプと可愛いタイプに分けられる。可愛い熟女も大好きだが、結婚するなら美人タイプだった。こちらが容姿に自信をもてない以上、子供のことを考えるとなるべく整った顔の相手がいい。妥協はしたくないので、迷わずいちばんの美人を指差した。

「この人……」

久仁香はハッと息を呑んだ。

「そ、そこにいくの？　チャレンジャーね……」

「インスピレーションが働きました」

「単に見た目で選んだだけでしょ。たしかに彼女、すごく美人だけど……」

「バツイチとか？」

「ううん」

「まさかバツ二？」

「まっさらの独身よ。子供もいないし」

「じゃあいいじゃないですか」

「あなたね、考えてもごらんなさい。これだけ美人なのに、三十九歳まで独身なのよ。なにか理由があると思わない？」

「……レズとか？」

「違うと思うけど……」

「じゃあ、なんですか？」

「うーん、ひと言では言えないなあ……ある意味、バツイチのシングルマザーよりリスキーな、事故物件みたいなものかもしれない……」

久仁香が嘲笑（ちょうしょう）しながら腕を組んだので、敦彦はカチンときた。

「言ってることがおかしいじゃないですか。人生はインスピレーションだって言ったのは、久仁香さんでしょ」

「言ったけど……」

「じゃあ、紹介してください」

敦彦は真顔で迫った。

「事故物件でもなんでも、この眼で確かめなきゃ、納得いきませんよ。いいでしょ、紹介してもらっても」

「ムキにならないでよ……紹介してほしいなら、紹介するのはやぶさかじゃないけど……」

久仁香は腕組みしたまま笑っている。相変わらず、嘲笑じみた嫌な笑い方である。

はは一ん、と敦彦は胸底でつぶやいた。これはつまり、ジェラシーではないだろうか。女が紹介する女は、ほぼ間違いなく自分より不美人という法則がある。久仁香はつまり、自分より美人の同級生を紹介したくないのである。

第二章　その性癖の芽生え

1

そもそも敦彦が熟女を好きになったのは、同世代の女に苦手意識があったからだった。

それも、かなり深刻なものだった。中学高校を全寮制の男子校で過ごしたせいで、女に対する幻想は高まるだけ高まっていて、大学のキャンパスで女子大生の大群を見たときは、春のお花畑にでも迷いこんだ気分になった。

お近づきになりたかった。

しかし、女友達はおろか、異性とまともに話すチャンスのない中高生時代を送ったせいで、コミュニケーションのスキルが決定的に足りなかった。傷つくことを恐れない勇気とか、傷つけられても立ちあがるタフネスさとか、そういうものももちあわせていなかった。

十八歳の敦彦にとって、女は太陽だった。まぶしくてしかたがなく、正視することができない。クラスコンパで女と話すチャンスがきても、おどおどするばかりで少しも仲良くなれず、そんな自分が情けなくて深く落ちこみ、自然とそういう席から足が遠のいた。

結果、大学を卒業するまで彼女ができず、童貞のままだった。就職し、配属された部署は男所帯で、女と知りあうチャンスそのものがなかった。自分はこのまま一生童貞かもしれないという不安に駆られ、ボーナスを握りしめてソープランドに行ったものの、金で女を買うという行為がどうにも不純に思え、入口でまわれ右して帰ってきた。

転機が訪れたのは、二十六歳のときである。

敦彦の仕事は冷凍食品の営業で、当時は東京郊外にあるスーパーマーケットを担当していた。冷凍餃子(ぎょうざ)や冷凍ピザの試食販売をするのだが、デモンストレーターを雇う予算がなかったので、各店のパートのおばさんを指導して、試食係をやってもらっていた。

おばさんたちは親切だった。敦彦がひとり暮らしと知ると、余り物の総菜やケーキを持たせてくれたし、中にはタッパーに入れた手づくりのおかずを分けてくれる人までいた。年の離れた弟の面倒でも見ているつもりだったのだろう。恋愛感情ではないとはいえ、モテているようでなんだか気分がよかった。

森本智世(もりもとともよ)は、そんなおばさんたちのひとりだった。年は四十二歳だが、見た目は三十代半ばくらいだったから、おばさんと言うと少し可哀相かもしれない。愛嬌ある垂れ眼がチャームポイントで、たとえて言えば「あの人はいま」に出てくる昔のアイドルみたいな感じだろうか。愛嬌と同時に女らしさにあふれていて、ひっつめ髪で飾り気のない格好をしていても、ほのかな色香が漂ってきた。彼女が試食販売をしていると中高年のおじさんたちが行列をつくった。あからさまに彼女目当てで、隙あらばちょっかいを出そうとしている連中だったが、智世は動じることなく、笑顔で接客していた。きっと若いころにかなりモテていたのだろう。ちやほやされることに慣れている感じがした。

ある夏の暑い日のことだった。

仕事を終えた敦彦が駅に向かって歩いていると、繁華街をうろうろしている智世が眼にとまった。帰路を急いでいるふうでもなく、道端に立てられた居酒屋の看板を見たり、店の中をのぞきこんだり、なんだか落ち着きがない。

「なにしてるんですか？」

敦彦は笑顔で声をかけた。彼女とは休憩時間に一緒にお茶を飲む関係だったので、気軽に声をかけることができた。

「えっ、ああ……」

智世は悪戯を見つかった少女のように、気まずげな顔をした。

「今日、とっても暑かったじゃない？　ビールが飲みたいんだけど、ひとりで入るのは気後れして……」

「じゃあ、僕が一緒に入りましょうか。ちょうどすげえ喉渇いてたんです」

「いいの？」

「ええ」

敦彦はうなずいて、居酒屋に一緒に入った。べつに本気で喉が渇いていたわけではない。ビールが飲みたくてうろうろ、そわそわしている智世のことを、可愛いと思ったから付き合うことにしたのである。

とはいえ、自分の口からすんなり誘いの言葉が出てきたことに、敦彦は自分でも驚いていた。同世代の女には、相変わらず気後れしていたからだ。そして、ずっと年上の彼女を可愛いと思ってしまったことに、少なからず動揺もしていた。平静を装いつつも、鼓動は乱れきっていた。

カウンター席に並んで座り、ジョッキに入った生ビールで乾杯した。

「おいしいー」

唸るように智世は言い、身をよじってはしゃいだ。やっぱり可愛かった。

「付き合ってくれてありがとう。今日はどうしても、お店で生ビールが飲みたかったの。

うちで缶ビールを飲むんじゃなくて」

「へえ、どうしてです？」

「娘を実家に預けてるから、遅く帰ってもいいのよ」

敦彦は軽く驚いた。子供がいることを知らなかったからだ。離婚していることは、噂（うわさ）で耳にしていたが……。

「娘さん、おいくつです？」

「五歳」

「シングルマザー歴は？」

「うーん、今年で三年かな」

「大変ですね」

「ひどい」

「えっ？」

「いまの『大変ですね』、棒読みだった。感情が全然こもってなかった」

悪戯っぽく睨（にら）まれ、

「いっ、いやあ……」

敦彦は笑うしかなくなった。

「頭では大変なことはわかるんですが、実感がともなわないんですよ。なにしろ、結婚もまだですから」

「したい？　結婚」

「まあ、一回くらいは……」

「そうよね、結婚は悪くないのよね……」

智世は自分に言い聞かせるように言った。

「離婚経験者の中には、結婚制度そのものを悪く言う人もいるけど、やっぱり相手次第なのよ。相手がよければ、いい結婚になるのよ……」

「いるんですか？　再婚候補のいい相手」

「いないけど」

智世は笑った。

「わたしはもう、結婚は懲りごりだもん。娘が成人するまで頑張らなきゃいけないから、夫の面倒まで見きれない」

「なんか、言ってること矛盾してません？」

「そうね」

智世はまた笑った。しかし、その笑顔の奥に隠されている苦労を思えば、気安く一緒に笑うことはできなかった。女手ひとつで子供を育てることは、二十六歳の独身男が想像もつかないくらい困難の連続に違いない。子供を実家に預けたときでなければ、外で酒を飲む自由もないのだ。

「わたしのことより、藤尾さんはどうなの？　彼女いる？」

「いやあ……」

　敦彦は苦笑した。

「僕の場合は、モテませんから……」

「そう？　いい線いってると思うけど。うちのパートの人たちだって、みんなあなたのファンじゃない？」

「同世代の女子が苦手でして……」

「ははーん、いま流行（はや）りの熟女好き？」

　意味ありげに笑いかけられ、敦彦はハッとした。智世の眼つきが、なんとなく卑猥（ひわい）な感じだったから、だけではない。そのときまで、熟女好きという自覚などなかったのだが、考えてみればそうかもしれない、と思ったからだ。

　パートのおばさんたちとなら、気軽に接することができる。苦手意識も働かなければ、気後れすることもない。ただそれは、恋愛感情とはまた別の次元のことではあるのだが……。

「藤尾さん、恋愛対象は何歳まで？」

「えっ……よ、四十二歳ですかね……」

咄嗟にそう答えたのは、智世の年齢を知っていたからだ。

「やだ。わたし、ぎりぎり。来年になったら、わたしはもう恋愛対象じゃなくなっちゃうのね」

「いやあ……来年になったら、僕もひとつ年をとるわけですから、四十三歳に繰りあげます」

我ながら調子のいい台詞だと思ったが、智世は嬉しそうに相好を崩した。

「四十代の女と付き合ったこと、ある？」

「……ありません」

四十代どころか、女と付き合った経験など一度もない敦彦だった。

「どうして？」

「憧れはありますけど、僕なんか相手にされませんよ、大人の女の人に……」

「ふうん……」

智世は唐突に会話を打ちきると、店員を呼んで冷酒を頼んだ。しばらくの間、ぼんやりと虚空(こくう)を見つめながら、それを飲んでいた。飲むほどに、眼の下がピンク色に染まり、黒い瞳が潤(うる)んでいった。最初にビールを飲んだときの可愛い感じは、もうなかった。ひどく色っぽかった。濃厚な色香に言葉を失い、敦彦もまた黙々と酒を飲むしかなかった。

2

ラブホテルに入るのは初めてだった。

童貞なのだから、初めてに決まっている。

居酒屋を出ると、

「わたし、まだ時間あるから……」

智世は繁華街のはずれに向かって歩きだした。飲食店の灯りが次第に少なくなっていき、行く手が夜闇に暗くなっても、智世は歩くのをやめなかった。駅は反対方向だった。目の前にラブホテルの看板が現れると、中に入っていった。言葉もなく、視線も合わせないまま、窓のない密室に辿(たど)りついた。

「女に恥をかかせないでね……」

智世は気まずげに言葉を継いだ。

「付き合うとか付き合わないとか、そういうことじゃないから……わたしはもう、結婚は懲りごりだし、恋愛だってしばらくいい……でもね……でも、ひとり寝が淋しい夜もあるの……やりきれなくなるくらい淋しい夜が、女にはあるの……だから、藤尾さんが熟女好きなら……わたしみたいのでもいいって言うなら、ちょっとだけ慰めてもらいたいのよ……」

まるで、ひとり芝居を演じる女優のように言うと、

「シャワー浴びてくる」

そそくさとバスルームに向かっていった。

ドア越しに聞こえてくるシャワーの音を聞きながら、敦彦は呆然と立ち尽くしていた。

智世はつまり、後腐れのないセックスをしましょう、と言っているのだろう。普段の智世からは想像もつかない大胆な行動に、まず驚いていた。酔っているにしても、みずから率先してラブホテルに入っていくなんて、そういうタイプにはまったく見えない。はっきり言って、セックスをしているところさえ想像できないタイプなのだ。ほのかな色香があるとはいえ、それはあくまでほのかなもので、男根で貫かれてあんあん声をあげているような、ふしだらな姿を想像させない凛とした清潔感が彼女にはあった。

もちろん、気持ちはわからなくはない。彼女が日々抱えこんでいるストレスは、敦彦の

考えも及ばないほど甚大で、ほんの束の間の自由な時間くらい、羽根を伸ばしたいと思うことを責めることなんてできやしない。明日になればまた、シングルマザーとしててんてこ舞いする生活が待っている。

しかし……。

問題は、こちらが童貞であるということだ。

ちょっとだけ慰めてもらいたいのよ、と彼女は言った。慰めてあげたくても、そんな手練手管はない。経験がないのだからあるわけがなく、足手まといになる可能性が高い。スカッとストレスを解消したい智世を苛々させ、よけいに疲れさせてしまうのではないだろうか。

にわかに恐怖がこみあげてきた。失望した智世は、敦彦に軽蔑のまなざしを向けてくるだろう。二十六歳にもなって童貞だなんて信じられないと呆れられ、あんたみたいな役立たずとラブホテルに入ったなんて一生の不覚、人生の汚点だとなじられるかもしれない。そんなことになったら、二度と立ち直れないほど落ちこんで、同世代の女に苦手意識をもつどころか、異性全般を嫌悪する、女嫌いになってしまうかも……。

逃げよう、と出口に向かおうとしたときだった。

バスルームの扉が開いて、智世が出てきた。白いバスローブに身を包み、髪をアップにまとめていた。白いうなじで濡れている後れ毛が、息を呑むほどセクシーだった。

だが、表情がどこか浮かない。なにか言いたげに口を動かすが、なかなか言葉が出てこない。

「……か、勘違いしないでね」

せわしなく視線を動かしながら、震える声で言った。

「わたし、いつもいつもこんなことしてる女じゃないから……そう思われたら、生きていけないから……相手が藤尾さんだから……藤尾さんなら、やさしくしてくれそうだから……そう思って……」

敦彦は、切羽つまった智世の告白に耐えられなくなり、

「すいませんっ！」

深く頭をさげ、拝(おが)むように両手を合わせた。

「ここまで来てこんなこと言いたくないんですが、僕はその……ダメなんです」

「ダメって？」

「満足させる自信がありません……」

「どうして？」

敦彦はゆっくりと顔をあげた。智世はひどく心配そうな眼つきで、こちらを見ていた。

「童貞なんです」

言ってしまった。しかし、言うならいましかなかった。セックスが始まってからより、幾分かマシなはずだった。軽蔑されるにしても、キスもしていないし、裸だって見ていないから、なにもなかったことにできる。

「一回もしたことがないの？」

智世は笑わず、軽蔑のまなざしになることもなく、心配そうな眼つきのまま訊ねてきた。

「はい」

「興味がない？」

「そういうわけじゃ……ないですけど……」

敦彦は情けなさに身をよじりながら言った。

「モテないっていうか、コミュニケーション能力がないっていうか、勇気がないっていうか、その全部で……女の子と付き合ったことがないんです」

重苦しい沈黙が訪れた。

「エッチに興味がないわけじゃないのね？」

うかがうような上目遣いで、智世が訊ねてくる。

「それは……はい」

「じゃあ、わたしが貰ってあげましょうか？　あなたの童貞」

「い、いやあ……」

敦彦はこわばりきった顔で首をかしげた。

「そんなことお願いするのは、心苦しいというか……」

「初めての相手が、わたしみたいなおばさんじゃ嫌？」

「おばさんなんて！」

あわてて首を横に振った。

「おばさんなんかじゃないです。断固違います」

実際、白いバスローブに身を包んだ彼女からは、水のしたたるような色香が漂ってきている。おばさんではなく、艶やかな熟女の……。

「わたしが相手でも、興奮できそう？」

智世が身を寄せてきた。

「あっ、いやっ……」

ズボンの上から股間をまさぐられ、敦彦は焦った。勃起しかけてうずうずしていたペニスが、手指の刺激に一秒で硬くなった。

「ふふっ……」

智世が笑う。垂れ眼の眼尻をますますさげた、いやらしすぎる笑顔で見つめてくる。

「なにも心配しないでいいから……わたしだって、童貞の人とした経験がないけど、頑張ってみるから……」

言いながら、手早く服を脱がされた。あっという間に、ブリーフ一枚にされてしまった。それも、恥ずかしいほど大きなテントを張った……。

「一緒にシャワー浴びましょう」

そう言って、智世はブリーフまで脱がせてきた。足元にしゃがみこみ、両手でめくりさげた。瞬間、勃起しきった男根が唸りをあげて反り返り、湿った音をたてて臍を叩いた。

「やだ……」

智世が頬を赤らめて眼をそらす。

「ずいぶん立派じゃない？　見ただけでわたし、濡れてきちゃいそう……」

敦彦の心臓は、爆発しそうなほど高鳴っていた。生まれて初めて女に裸を見られる恥ずかしさに身がすくみ、にもかかわらず激しい興奮がこみあげてきて、智世の卑猥な台詞にトドメをさされた。はっきり言って、パニックに陥り（おちい）そうだった。

智世に手を引かれ、バスルームに入った。一緒にシャワーを浴びましょう、と言っていたのに、智世はバスローブのままだった。裸が見たい、と敦彦は思わなかった。そんなことを言っていられない状況に追いこまれ、かまっていられなかったのである。

智世はまず、敦彦の体にシャワーでお湯をかけた。続いて、ボディソープをたっぷりと両手に取り、塗りたくってきた。胸から首筋、腕から手、そして下半身へ……。

股間で隆々と反り返っている男根はスルーされ、しゃがみこんで左右の太腿から脛(すね)にかけてソープまみれにした。

敦彦は異様な興奮を覚えていた。ヌルヌルしたソープの感触が、この世のものとは思えないほどいやらしかった。智世の手の動きがいやらしいのだ。腋の下や脇腹に触れられるとくすぐったくて身をよじった。そうしつつも、意識は次第に、まだ触れられていない男根へと集中していった。

そこも洗ってもらえるのだろうか。

あるいは、その部分だけは自分で、と言われるのだろうか。そう言われたほうがいいような気がした。このいやらしいヌルヌル手指でいちばん敏感な部分に触れられたりしたら、正気を失ってしまいそうだ。

智世はいったんシャワーでソープを流すと、

「じゃあ、最後にいちばん大事なところね……」

眼尻を垂らした笑顔でささやき、あらためてボディソープをたっぷりと手に取った。そして足元にしゃがみこむ。反り返った男根のすぐ側に、女の顔が近づいてくる。息がかかりそうな距離だ。

敦彦は呼吸も忘れて直立不動になっていた。その股間に、智世がいよいよヌルヌル手指を伸ばしてくる。

「くぅおおおーっ！」

両手で包みこまれた瞬間、敦彦は奇声を発していた。いままで生きてきて、自分の口から飛びだしたことのない種類の声だった。智世はボディソープを男根になすりつけ、そのままましごいてきた。強く握ることはなく、手筒の中で泳がされる感じだ。

「どう？　気持ちいい？」

智世がささやく。

「でも、ベッドに行ったら、もっと気持ちいいことが待ってるわよ。お口でされちゃったり……わたしの中に入ってきたり……」

かなりきわどいことを言われているのに、ひどく遠くから聞こえた。智世のヌルヌルの手指は男根をしごくだけではなく、玉袋まで伸びてきていた。さらには脚を開かされ、肛門まで……。

「もっ、もういいですっ……あとは自分でっ……自分でやりますっ！」

敦彦は真っ赤な顔で叫んだ。肛門まで洗われるのは恥ずかしかったけれど、それ以上に気持ちよかった。めくるめく快感というのは、こういうことを言うのだろうと思った。まだ延々と洗われていたかったが、このままでは自分の体の中から、ボディソープに似た白い液体が飛びだしてしまいそうだった。

3

バスルームから出ると、敦彦はベッドに向かった。カバーを剝がし、糊の利いた白いシーツの上に倒れこんだ。

ただ立っていただけなのに、何百メートルも全力ダッシュしたかのように息があがっていた。眩暈もすごかった。頭に血が昇っているのか、股間に血の気が集中しているのか、とにかく景色がぐるぐるまわっている。

「大丈夫？」

智世が笑いながら、照明を調節する。視界が保たれるぎりぎりの暗さにして、アップにまとめていた髪をおろす。ベッドの横でバスローブを脱ぎはじめる。

敦彦は息を呑んだ。

四十二歳の熟れた裸身を飾っていたのは、ローズピンクのランジェリーだった。ブラジャーに豪華なレースがついていて、たまらなく女らしい。ショーツは股間にぴっちりと食いこんで、薔薇(ばら)の香りでも漂ってきそうだ。

下着そのものもエロティックだったが、胸の谷間が深かった。そこからもまた、いい匂いが漂ってきそうだった。さらには腰のくびれだ。智世は普段、ジーンズを穿(は)いていることが多く、その上からスーパーの制服を着ている。ゆったりしたデザインなのでスタイルもよくわからなかったのだが、脱いだらメリハリがすごかった。

智世は敦彦に背中を向けてベッドに腰をおろすと、

「ホック、はずして」

少し振り返りながら甘い声で言った。

敦彦は体を起こした。眩暈は激しくなっていくばかりだったが、はずしてと言われればはずさないわけにはいかない。智世の背中は薄闇の中で白く輝き、間近で見ると上薬をたっぷり塗られた白磁のような光沢があった。それに誘われるように、敦彦は両手を伸ばしていった。鼻息がひどく荒くなっているのが恥ずかしかった。ホックをはずさなければならないのに、両手は自然と智世を後ろから抱きしめていた。

柔らかかった。女の体はこんなにも丸いものなのかと思った。鼻先に迫った髪から、甘い匂いが漂ってきた。眩暈はいつしか陶酔となり、敦彦の両手は、気がつけばブラジャーのカップをつかんでいた。後ろから揉みしだいた。なんていうことをしているのだと思いつつも、やめられなかった。智世はなにも言わなかった。大人の階段を一つひとつ昇っている敦彦の、好きにさせてくれた。

ブラジャーの触り心地は最高だった。レースのざらつきが、童貞の意識を非日常へと運んでいった。とはいえ、生乳も触りたかった。気を取り直して、ホックをはずそうとした。なかなかはずせなかったが、智世はなにも言わずに待っていてくれた。

「横になりましょう」

ようやくのことでホックをはずすと、甘い声でうながされた。カップはまだ、智世の胸にあった。敦彦はそれを、そっとはずした。豊かな白い隆起が、眼に飛びこんできた。たっぷりしていて存在感があった。あずき色の乳首が、身震いを誘うほど卑猥だった。

両手で裾野からすくいあげた。揉みしだくと、白い肉に指が沈みこんだ。蕩けるような柔らかさだった。夢中になって揉みしだいていると、

「んんっ……」

智世が小さく声をもらした。声は小さくても、眉根を寄せた表情がいやらしすぎた。感

じている表情だった。もっと感じてもらいたくて、あずき色の乳首を吸った。

「んんんっ……あああっ……」

眉根を寄せた智世の顔が、ピンクに色づいていく。その顔を凝視しながら、敦彦は乳房を揉み、乳首を口内で舐め転がした。乳首は口の中でみるみる硬くなって、女の興奮を伝えてきた。たぶん興奮しているのだろう。自信がなかったので、確かめてみたくなった。

右手を下半身へと伸ばしていった。股間にぴっちりと食いこんだショーツに触れると、智世はビクッとした。敏感になっているようだった。右手は熱気を感じていた。あきらかに、股間から熱が発せられていた。ショーツの中に右手を入れた。指に繊毛がからみついてきた。敦彦の興奮はピークに達しようとしていた。さらに奥まで指を這わせていくと、濡れていた。発情の証である蜜を、彼女はたしかに漏らしていた。

「あああっ！」

智世が声をあげて身をよじる。感じていることは間違いないようだったが、どこをどうすればいいのかよくわからない。ネットの裏画像で女性器を見たことはあるが、いくら凝視しても構造がよくわからなかった。いちばん感じるクリトリスはどこだろうか。ヌメヌメした湿地帯で指を動かした。あまり乱暴にしてはまずい。丁寧に扱わなければならない。蜜だけがあとからあとからあふれてくる。次第に指が泳ぐほどになって、智世が身をよじりながらしがみついてきた。

苦しかった。もっと智世を感じさせたいのに、興奮しすぎて息もできない。股間のものは限界を超えて硬くなり、膨張しすぎてそのうち爆発してしまいそうだった。時折そこに智世の太腿があたると、気が遠くなりそうになった。思考が停止し、動けなくなった。この先、どうしたらいいのだろうか。ショーツを脱がして舐めればいいのか。それとも……それとも……。

動けずにいると、智世が上体を起こした。言葉はなく、息をはずませながら見つめられた。敦彦もなにも言えない。視線だけがぶつかりあい、からみあう。智世が動いた。ショーツを脱ぎ捨て、尻を向けてまたがってきた。女性上位のシックスナインだ。いきなり、目の前に女の花が咲いた。アーモンドピンクの花びらが、蜜をしたたらせてヌラヌラと光っていた。その上に見えるのはセピア色のすぼまりは、アヌスだろう。

まさかの展開だった。こんな大胆なことをされるなんて夢にも思っていなかった。しかし、敦彦が啞然（あぜん）としていられたのは、ほんの束の間のことだった。下半身に衝撃が訪れた。男根に触れられた。根元に指がからみつき、すりすりとしごかれた。敦彦はのけぞった。声をこらえられたのが不思議なくらいだった。さらに衝撃が畳みかけられる。先端に、生温かい感触が襲いかかってきた。舐められたのだ。智世はいま、亀頭を舐めているのだ。

「むむっ……むむむっ……」

鏡を見ることができれば、滑稽なほど真っ赤になった自分の顔と対面できたことだろう。ねろり、ねろり、と舐められるほどに、顔が燃えるように熱くなっていた。首には何本も筋を浮かべていた。なにかにすがりつきたくて、尻の双丘をつかんだ。乳房より弾力のある尻肉に、ぐいぐいと指を食いこませた。桃割れが開いては閉じ、閉じては開いた。アーモンドピンクの花びらが露わになり、強い匂いが鼻についた。いままで嗅いだことのない匂いだった。決していい匂いではないのだが、体の芯を震わせる匂いだった。本能が震わされている、と思った。次第に花びらがほつれてきて、奥にあるものが見えた。つやつやと濡れ光る薄桃色の粘膜が、薔薇の蕾のように渦(うず)を巻いていた。淫らなまでに収縮しながら、蜜を漏らしていた。人間の体の一部とは思えなかった。それにしてはいやらしすぎた。敦彦は蛇に見込まれた蛙(かえる)のようになっていた。フェラチオは続いていた。舐められるだけではなく、咥えられたようだった。耐えがたい快感が全身を硬直させた。次の瞬間、衝動が体を突き動かした。首を伸ばし、アーモンドピンクの花びらに唇を押しつけた。

「んんんっ！」

智世が鼻奥でうめき、ブルンと尻の肉を揺らした。それを両手でつかみつつ、敦彦は舌を動かした。花びらを掻き分けて、奥に舌先を突っこむと、智世が激しく身をよじった。お返しとばかりに男根をしゃぶりあげられ、敦彦も身をよじる。途轍もなくいやらしいことをしている気分になる。寄せては返す波のように、快楽がお互いを行き来している。

桃割れの奥から大量の蜜があふれてきて、敦彦の顔はみるみる濡れまみれていった。それでも必死に舌を踊らせる。女の匂いにまみれていく。智世の唇の動きに、熱がこもってくる。男根をぴっちりと咥えこんだ、吸引力がすごい。唇をスライドさせては、痛烈に吸ってくる。

「おおおっ……」

敦彦はたまらず、クンニリングスを中断してのけぞった。すぐそこまで射精が迫ってきている。歯を食いしばっても我慢できそうになかったが、智世は絶妙なタイミングで男根から口を離した。いったん玉袋や太腿に愛撫が移り、射精欲が静かに遠ざかっていくと、また男根を咥えてくる。焦らされている、という感覚はなかった。そんなことを考えることもできないほど、翻弄されきっていた。

「ねえ、して……もっと舐めて……」

尻を揺すって求められ、敦彦は再び舌を使いはじめた。頭の中は真っ白で、なにがなんだかわからなかった。

感極まってしまいそうだった。

もう泣きそうだ……。

4

「ああっ、もう我慢できない……」

智世が動いた。豊満な尻を左右に動かして敦彦の両手を振り払うと、前に移動していった。敦彦から見て、尻が遠のいていく格好だ。

ほとんど放心状態に陥っている敦彦をよそに、背面騎乗位で挿入の体勢を整えた。意外な体位だった。しかも、上体を前に傾け、こちらに尻を突きだしている。桃割れの間に、アーモンドピンクの花が見えている。

いやらしすぎる眺めだった。

智世はなにもかも見せつけて、結合しようとしているらしい。男根の切っ先を濡れた花園にあてがうと、器用に尻を動かして咥えこんできた。童貞喪失の感慨を嚙みしめる間もなく、結合が始まった。花びらを巻きこんで、亀頭が割れ目に埋めこまれていく。

男根は唾液でヌルヌルの状態だし、割れ目もしとどに濡れていたから、挿入はスムーズだった。みるみるうちに根元まで咥えこまれた。

「あああっ……」

智世は絞りだすような声をもらし、身震いをひとつすると、再び尻をもちあげた。たっぷりと蜜を纏った男根が、女の尻から出てきた。餅をつくようなリズムで、智世は尻をもちあげては落とし、落としてはもちあげた。そうしつつ、ゆっくりと振り返った。眼の下をねっとりと紅潮させた顔がいやらしい。

「……入ってる？」

敦彦はうなずいた。

「はっ、入ってます……」

「入ってるところ、見える？」

「ばっ、ばっちり見えます……」

泣きそうな顔でうなずきながら、智世と視線を合わせた。智世は満足げな顔で前を見ると、本格的に腰を使いはじめた。パチーン、パチーン、と音を鳴らして、尻を上下に振ってきた。

敦彦はそのリズムに巻きこまれた。自分からはなにもできず、淫らな光景に見とれるばかりだった。ただ男根ばかりを野太く膨張させ、智世の尻を迎え撃つことしかできない。

しばらくすると、智世の動きがとまった。上体を起こし、体を回転させた。一瞬、なにをやっているのかわからなかったが、結合状態を保ったまま、背面騎乗位から対面騎乗位へと体位を移行させたのだった。

今度は、M字開脚と向きあった。恥毛と乳房と眉根を寄せた淫らな顔と、ご対面である。呆気(あっけ)にとられるばかりの敦彦に、

「……どう?」

智世は興奮と羞じらいの混じりあった顔で言った。

「これが女よ……セックスよ……」

パチーン、パチーン、と音をたて、尻をもちあげては落とす。先ほどと同じ動きだが、正面を向いているので卑猥さが倍増だった。勃起しきった男根が、女体から出たり入ったりする。根元まで埋めこまれるたびに、智世の紅潮した顔が淫らに歪む。ハアハアと息をはずませ、獣じみた悲鳴をあげる。

「はっ、はぁあうううーっ!」

もう我慢できないとばかりに、両脚を前に倒した。肉づきのいい太腿で敦彦の腰を挟み、腰を振りはじめた。男根を深く咥えこんだまま、股間を前後に揺すりたててきた。

乗馬型フィットネスマシーンにまたがっているような動きだった。フィットネスマシーンならマシーンのほうが動くのだが、智世は自分で動いている。快楽を原動力にぐいぐいと腰を振りたて、豊かな乳房を揺れはずませる。眉根を寄せた顔は限度を超えて卑猥になっていき、獣じみた悲鳴を、淫らなOの字に開いた唇から絶え間なくあふれさせている。

敦彦は動けなかった。

呼吸も忘れて智世を見上げ、勃起しきった男根にすべての神経を集中していた。蜜壺の感触は最初、ずいぶんソフトに感じられた。自分の手で握りしめてしごくほうが快感が強いとさえ思ったが、間違っていた。熱く濡れた肉ひだの感触に、智世が生みだすリズムが掛けあわされると、快楽の海に溺れているような気分になった。

リズムが重要だった。敦彦は動けなかったが、智世をじっくりと観察し、呼吸を合わせてみた。そうすると、彼女が生みだすリズムにうまく乗ることができた。自然と腰も動いていた。といっても、智世がいちばん深く男根を咥えるタイミングで、ちょっと腰を反らせただけだ。呼吸が合っていると、ただそれだけで衝撃的な快楽が生まれた。敦彦だけではなく、智世にも……。

「ああっ、いいっ！」

髪を振り乱し、あられもなくよがりはじめた。白い裸身を紅潮させ、じっとり汗を浮かべた。時折、リズムが乱れるようになった。腰の動きをストップさせて、快感を嚙みしめるように尻や太腿を痙攣させる。だがすぐに、再びリズムに乗ろうとする。乱れるリズムが、快楽をどこまでも新鮮にする。快楽の扉がどんどん開けられていく。扉を開けたらまた扉という感じで、桃源郷にでも向かって突き進んでいるようだ。

もっと味わいたかった。

この先に、どれほど素晴らしい天国が待ち受けているのか、知りたくてしようがなかった。

しかし、敦彦は童貞だった。初めてのセックスでは、自分の欲望をコントロールすることなど不可能だった。いくらこらえようとしても、射精の衝動が迫ってくる。為す術もなく、そこに向かうレールに乗ってしまう。加速がつき、レッドゾーンを振りきっていく。

「ダッ、ダメですっ！」

真っ赤な顔で叫んだ。

「もっ、もう出ますっ……でっ、出ちゃいますっ！」

「いいわよ」

腰を振りたてながら、智世がうなずく。

「中で出してっ……今日は大丈夫な日だからっ……」

　言いながら、敦彦の両手を取って自分の胸に導いた。豊満な双乳を、敦彦は揉んだ。忘我の境地で揉みしだいた。この体の中に射精するのだと思った瞬間、激震が起こった。体のいちばん深いところで震えが起こり、それがみるみる大きくなって、爆発した。ドクンッ、という音が聞こえてきそうな勢いで、男の精を噴射した。初めてのセックスにして、初めての中出しだった。オナニーでティッシュに放出するのとは、桁違い(けたちが)の快感が襲いかかってきた。ドクンッ、ドクンッ、と発作が起こるたび、熱く濡れた肉ひだが吸いついてきた。肉道全体がざわめきながら収縮し、男の精を吸いとろうとしてきた。

「おおおっ……おおおおおーっ！」

　敦彦はたまらず声をあげ、双乳に指を食いこませた。快感が全身に波及し、指先までも痺れさせた。

「出してっ！　もっと出してっ！」

　智世が腰を振りたてる。ドクンッ、ドクンッ、と射精が続く。全然終わる気配がない。いつもの倍以上の発作が起こっても、まだこみあげてくる。ヌメヌメした蜜壺の感触が気持ちよすぎて、自分でも腰を動かしてしまう。搾(しぼ)りだすようにして、しつこく射精を続けようとする。

「くぅおおおおーっ！」

腰をひねって最後の一滴を漏らしきると、敦彦はのけぞってうめいた。もう出なかった。智世が動きをとめると、激しい痙攣が起こった。オナニーのとき、射精して痙攣したことなど一度もなかった。

「ううう っ……うううう っ……」

余韻を噛みしめるように体を震わせていると、智世が上体を倒して覆い被さってきた。震える体をぎゅっと抱きしめてくれた。その抱擁が、余韻をさらに鮮明にした。敦彦もぎゅっと抱きしめ返した。体はまだ震えていた。

これでようやく男になれた……。

二十六歳にして童貞を喪失した感慨に耽ることは、できなかった。智世にしがみつきながら、嗚咽をもらした。しゃくりあげ、熱い涙で頬を濡らし、気がつけば手放しで号泣していた。

恥ずかしかったが、感情をコントロールできなかった。智世はからかったりしなかった。笑うこともなく、ただ黙って抱きしめてくれていた。

嬉しかった。

智世のやさしさが号泣に拍車をかけ、敦彦はしばらくの間、涙を流す以外のことはなにもできなかった。

5

それは敦彦にとって決定的な出来事となった。

ふたつの意味でだ。

遅まきながら童貞を捨て、セックスの悦びを知った。それを知らずに生きてきた二十六年間が、すっかり色褪せて見えた。こんな素晴らしいことを知らずにいたなんて、いままでの自分はなんて間抜けだったのだろうと思った。遅れた分を取り戻すためにも、これから頑張ってやりまくろうと奮い立った。

そして……。

やりまくる相手は熟女がいい、と思った。

もう熟女しか愛せない、とすら思った。

とにかく最高だった。

熟女はスケベで、欲求不満をもてあましている。重要なのは、それを素直に認めているという点だ。智世は言った。結婚なんてもう懲りごり、恋愛だってしばらくいいが、ひとり寝が淋しい夜もある……。

矛盾しているけれど、矛盾している自分を否定しない。つまり、自分に正直なのだ。見栄や虚勢ではなく、セックスがしたいと言ったらしたい。だからといってわがままなのではなく、どこまでもやさしい。すべてを受けとめてくれる器の大きさがある。

智世とは二カ月ほど続いただろうか。

一度限りのはずだったのに、週に一度のペースでラブホテルに行く関係になった。敦彦にとって智世は、恩人だった。セックスを教えてくれた教師だった。女を悦ばせるスキルの基礎は、だいたい彼女に教わった。

別れのきっかけは、敦彦がいままでとは違う地域を担当することになり、智世の働いているスーパーに行かなくなることになったからだ。

それを伝えると、

「じゃあ、もう終わりにしましょう」

智世はさっぱりした顔で言った。

「これ以上続けていると、情がわいて別れられなくなりそうだから……」

その意見に、敦彦も賛成した。なにしろ初めての相手なので、情がわくどころか、執着心さえ芽生えそうになっていた。しかし彼女は、五歳の娘をもつシングルマザー。執着しても未来はない。まだ二十六歳だった敦彦にとって、智世と結婚して連れ子の親になるという選択肢はなかった。智世にしても、ひとまわり以上年下の男に未来を預ける気にはなれなかっただろう。そもそも、結婚は懲りごりだと言っているのに……。

だから、きれいに別れた。智世と最後のセックスをして自宅に帰ると、敦彦は少し泣いた。そして翌日から、熟女ハンターに生まれ変わった。女子大生や若いＯＬとの合コンにうつつを抜かしている同僚たちを尻目に、出会い系サイトで欲求不満の熟女を漁りまくった。

コミュニケーションスキルに自信がない敦彦でも、相手が熟女なら、ワンナイトスタンドに興じたり、セックスフレンドになるのはそれほど難しいことではなかった。いまの世の中、欲求不満の熟女は佃煮にするくらいあふれているのだった。

正直に言えば、一度だけ若い女とベッドインしたことがある。出会い系サイトで知りあった二十歳で、そのときは熟女がなかなか引っかからなかったのでやりとりの相手をしていた。もう熟女しか愛せないと思いつつも、もしかすると若い女だってそれほど悪くないかもしれない、とスケベ心が起きてしまったのは事実である。待ちあわせ場所に行くとそれなりに可愛い顔をしてたので、ラブホテルに誘うと応じてくれた。

マグロだった。揉んでも吸ってもいじっても反応がなく、ぼんやり天井を眺めているだけだったので心の底からがっかりした。熟れる前の果実を齧ってしまったときのように酸っぱい顔をするしかなく、萎えてしまって最後までできなかった。若い女はもう懲りごりだった。

出会い系でハントできる熟女は、シングルマザーより、人妻のほうが圧倒的に多かった。もちろん、そうではない貞淑な人妻というのも存在するのだろうが、熟女ハンターとして二年、三年とキャリアを積んでいくうち、やれる人妻とやれない人妻を見分ける嗅覚が働くようになった。

そうなると、猟場を出会い系サイトに限定しておく必要はなくなった。出会い系サイトのほうがイージーに熟女をゲットできるのだが、なにごとも慣れてくると、イージーに手には入るものより高いハードルを突破して獲得したもののほうに、価値を感じるようになる。

仕事を終えると、ひとりでバーを巡るようになった。もちろん、ひとり飲みをしている熟女をハントするためだ。敦彦にはそれまで、ひとりでバーに行く習慣がなかったが、探してみると出会いに適した静かなバーというものが、都内には星の数ほど存在しているのだった。

やれる人妻だと嗅覚が働けば、臆せずアプローチした。出会い系サイトで三年以上キャリアを積んだことで、図々しさだけは身についていた。出会い系サイトで知りあうより、やれる確率は低下したけれど、そのぶんベッドインできたときの感動は大きい。最初からセックス目的で知りあう出会い系より、プロセスもドラマチックだったし、なにより街場のほうがいい女が多かった。

久仁香ともそうやって知りあった。

敦彦がハンティングした熟女の中でも、最高峰のひとりと言っていい。久仁香とラブホテルに行き、あまつさえサディスティックな責めでひいひいよがり泣かせたとき、ついに自分もここまでの女と遊ぶことができるようになったのだと、深い感慨に耽ったものだ。智世に童貞を捧げて号泣してから、四年の月日が流れていた。

しかし……。

三十歳になってしまったことで、心境にいささかの変化があった。

熟女は素晴らしく、人妻は遊び相手に最適だった。それはそうなのだが、そろそろ結婚について真剣に考えなくてはならないと思いはじめた。いくらいい女とベッドインできても、相手が人妻では結婚できない。他人の家庭を壊すようなことは絶対にしたくなかったので、恋仲になることすら自分に禁じている。人妻との関係は、あくまでベッドの上だけ。それゆえセックスだけはどこまでも盛りあがっていくのだが、それはそれだ。

結婚がしたい……。

もちろん、できることなら相手は熟女がいい。そう思って熟女が来そうな婚活パーティに参加してみたりしたものの、バツがついていたり、こぶがついていたりで、さっぱり収穫がなかった。もちろん、女としての魅力が感じられない、ただ単に男に相手にされないまま馬齢を重ねただけのタイプは、こちらから願い下げである。

敦彦は頭を抱えた。

欲求不満の人妻なら佃煮にするくらいあふれていても、結婚相手になりそうな独身の熟女となるとなかなか見つからないのが、この国の現状らしい。かといって、結婚を諦めたくもない。人並みに所帯をもたなくては、これから先仕事に対するモチベーションもあがっていかないだろう。

悩みに悩んだ挙げ句、なにを血迷ったか懲りごりなはずの若い女との合コンに参加した。やはり縁がないらしく、結果は散々だった。

まったく食指が動かなかった。二十代前半の女が、ひどく子供に見えた。言葉は悪いが、ションベンくさい気がしてしようがなかった。

普通に考えれば、三十歳の自分と釣りあいがとれている年齢のはずなのに、いままでセックスしてきた熟女より二十も下なのだから、その落差はいかんともしがたかった。色気もなければ気遣いも足りなく、ただキャピキャピとかしましいだけだった。辟易した。こいつらはきっと裸にしたらマグロに違いないと思った。まったく根拠のない誹謗中傷だが、いくら頭をひねっても、彼女たちが肉の悦びに溺れているところを想像することができなかった。

第三章　わたしに恥をかかせるつもり？

1

ドリームズ・カム・トゥルーの『決戦は金曜日』が、朝から頭の中で鳴っていた。

待ちに待った日が、ようやくやってきたのだ。

週末の金曜日はただでさえ心が浮きうきするのに、今日は久仁香とその友人の三人で、食事会を催（もよお）すことになっている。

まっさらな独身熟女を、紹介してもらえるわけだ。

名前は及川美里（おいかわみさと）。

前情報は以下の通りだ。

年は久仁香と同じ三十九。お嬢さま大学として名高い女子大を卒業後、一部上場企業に就職し、現在まで秘書室勤務。

敦彦は小躍りしたかった。

卒業した大学の偏差値も、勤めている会社のランクも、向こうの方がはるかに上だった。しかし、悲嘆することはない。そのハードルの高さが、三十九歳まで独身を続けている理由かもしれないからである。

男を寄せつけないオーラがあれば、そこが逆につけこむチャンスのように思えた。

経歴だけでも相当なエリート以外は気後れするだろうし、おまけに写真で見る限り、すこぶる美人なのである。

どれだけ美人でも、知性あふれる才媛でも、男を尻込みさせていては恋愛は成立しない。そうこうするうちに、気がつけば四十路も手前。よけいにアプローチは減る。内心ではかなり焦っていて、結婚相手に求める条件も、若いころよりぐっと甘くなっているのではないだろうか。

その可能性は低くない気がした。

久仁香もバリバリのキャリアウーマンだが、彼女の夫は中卒のコックだ。それも、外資系ホテルのレストランに勤務しているとかではなく、オムライスが名物の街の洋食屋でフライパンを振っているらしい。

「なんか……釣りあいがとれていない気がしますが……」

「いいの、いいの。男の魅力なんて、学歴でも肩書きでもないもの」

「なんですか？　男の魅力って」

「やさしさね、ひと言で言えば」

久仁香は遠い眼をして答えた。

「彼といるとホッとするのよ。この殺伐とした世の中でね、わたしは彼と一緒にいるときだけ、素の自分に戻って安心できるの」

じゃあなんで外で浮気ばっかりしてるんですか、と敦彦は訊ねなかった。なんとなく、理由がわかったからだ。おそらく久仁香は、夫の前では猫を被っているのだ。可愛い女を演じずにはいられないくらい、夫のことを愛しているのだ。ベッドでももちろん夫好みの女を演じていて、尻を叩かれたり、言葉責めにされて興奮するなんて、とても言えない。よって、溜まった欲望は外で吐きだしてすっきりする。本末転倒な気もするが、合理的ではある。久仁香のそういうところが、敦彦は嫌いではなかった。

待ちあわせは、イタリアンレストランだった。

敦彦はその手の店にほとんど足を踏み入れたことがない。それでもなんとか、人気がある店をネットで調べ、予約を入れた。

イタリアンレストランを利用するのは、カップルか合コンか、さもなくば女子会だろう。どれも敦彦には縁がないものばかりである。

ただ、今日という日が特別な日であるなら、洒落たレストランでワイングラスを傾けるのも悪くない気がした。特別な日にしたい、と思った。きっとなるはずだ、と自分に言い聞かせた。

「あら」

店の入口の前で、久仁香とばったり会った。女が一緒だった。彼女が及川美里だろう。ノーブルな濃紺のタイトスーツ姿だった。黒いストッキングがフォーマル感を漂わせ、いかにもエグゼクティブの秘書という雰囲気である。

写真で見たよりずっと美人なうえ、呆れるほどエレガントだったので、敦彦は圧倒された。アパレル勤務の久仁香のほうが派手な格好をしているのに、美里のほうが眼を惹く。

「どうも」と頭をさげると、隙のない笑みとともに会釈が返ってきた。まさかここまでの上玉とは、と期待に胸がふくらんでいく……。

ところが。

店内で席に通され、先を歩いていた敦彦から座ろうとすると、

「ちょっと」

美里が笑った。軽蔑を露わにした感じだった。

「男のくせに、上座に座るの？　これ、接待の席じゃありませんよね」

「あ、ああ……すいません」

敦彦はあわてて女たちに上座を譲った。とんだ恥をかかされてしまった。黒服のボーイも弱った顔をしている。ざっくばらんな食事会なのだから、上座に座ろうが下座に座ろうがいいではないか。

感じの悪い女だった。

いや、そんな甘いものではなかった。

「今日はお忙しいところすみません。実は久仁香さんに結婚式の写真を見せてもらったことがありまして……大学のお仲間で集まっている写真です。それを見て……ひと目惚れっていうんでしょうか？　とても魅力的な方がいたのでぜひ紹介していただきたいと、無理を言ってしまったわけでして……」

誠実に挨拶したつもりが、美里は言葉を返さないどころか、ニコリともしない。退屈そうにワイングラスをまわし、それを口に運んで、たっぷりと間をとってから、値踏みするような眼を向けてきた。

「お勤めは？」

「はあ、食品メーカーで営業マンをしております」

社名を言ったが、

「聞いたことないな」

鼻で笑われた。

「年収は？」

「へっ？」

敦彦が啞然とした顔をすると、

「ああ、人に訊ねるなら、自分のも言わなくちゃね。わたしは××百万」

敦彦の倍近かった。

「ちょっと、美里。お手柔らかに」

久仁香がたしなめても、美里はおかまいなしに続ける。

「あなた、結婚相手を探してるんでしょ？　結婚っていうのは、経済共同体なわけですよね？　だから不躾（ぶしつけ）な質問をしてみたんですけど、答えられないなら真剣さが感じられないってことになりますよ」

滔々（とうとう）と語る美里の隣で、久仁香がやれやれと溜息をつく。

敦彦はすっかり意気消沈してしまった。

なるほど、これが三十九歳まで独身だった理由なのか……。
舌鋒(ぜっぽう)は鋭くても美里の声音は涼やかで、持ち前のエレガンスをますます輝かせた。それがよけいに、敦彦を打ちのめした。結局のところ、容姿の美しい女には勝てない。「なにを言うか」ではなく「誰が言うのか」が問題なのだ。同じ台詞を不美人に言われたところで、どうってことはなかっただろう。

運ばれてくる料理を黙々と食べるしかなかった。眼にも鮮やかないかにも女子受けしそうな皿ばかりが運ばれてきたが、味などまったくわからない。いったい彼女はなにを考えているのだろう？　敦彦がエリートサラリーマンや資産家でないことくらい、久仁香から前情報として伝わっているはずだった。それでもわざわざやってきてくれたということは、少しは脈があると考えるのが普通だろう。なのに、のっけからこの態度とは意味がわからない。最初に上座に座ろうとしたことが、よほど気にくわなかったのだろうか……。

とにかく、このまま引き下がるわけにはいかなかった。この店の料金は安くない。散財した挙げ句、鼻で笑われて帰るだけなんて理不尽すぎる。なにしろ見た目は最高なのだ。ここまでの美人とベッドインした経験が敦彦にはない。なんとか機嫌を直してもらい、せめて友達くらいにはなっておきたい。

「あのう……」

澄ました顔でナイフとフォークを使っている美里に、勇気を振り絞って声をかけた。

「休日は、どんなふうに過ごされているんでしょう？　大学時代は、ダンス部とうかがいましたが……ご趣味は……」

「ダンスはもう卒業」

美里は口許をナプキンで拭ってから、つまらなそうに答えた。

「いまはお茶とお花かしら」

「それは、けっこうなご趣味で。花嫁修業に最適ですね」

「はあ？」

美里が呆れたように眼を剝いた。

「ずいぶん安っぽい想像力ですね。どうしてそこで、花嫁修業なんて言葉が出てくるんですか？　わたしはただ、日本文化と和装をこよなく愛しているだけです」

嚙みつきそうな顔で言われ、

「す、すいません……安っぽくて申し訳ないです……」

敦彦は平身低頭で詫びるしかなかった。

これはダメだ、と思った。おそらく、自分の容姿が気に入らないのだろう。そうでなければ、こんな喧嘩腰の態度になるわけがない。万が一にもこんな男と付き合うことなんてありｰ得ない——それが彼女の腹のうちなのだ。ひと目惚れの逆である。ならばいくら頑張ったところで結果は同じだ。さっさと食事を済ませ、帰ったほうがいい。

「ちょっと！」

美里から尖った声が飛んできた。

「スパゲティーニを啜らないで。ここがミラノだったら、あなた、お店からつまみ出されてるわよ」

「す、すいません……」

「ったく、テーブルマナーもなってない人と一緒だと、食欲もなくなっちゃう。ちょっと化粧直してきます」

美里はバッグを手に立ちあがり、ハイヒールをカンカンと鳴らしてレストルームに向かった。

「……どうなってるんですか？」

敦彦はうんざりした顔で久仁香を見た。

「だから言ったじゃない、事故物件だって」

久仁香が苦笑する。

「男の人には、いつもあの調子。結婚なんかできるわけないのよ」

「……男嫌いなんでしょうか?」

「女子会だと、そんなことないって言い張るんだけどね。高望みしてるわけじゃないとか、誰でもいいから彼氏が欲しいとか、早く結婚したいとか……でも、いざまわりが紹介すると、ああやって毒を吐いて、めちゃくちゃにしちゃうわけ」

「こっちに男の魅力がないせいでしょうけど……」

「違う、違う。どんなイケメン連れてきたって、年商ン十億の青年実業家が相手だって、ああなの。病気よ、もう。いい加減、面倒見きれない」

久仁香も立ちあがった。

「ど、どこへ行くんです?」

「わたし、ダイエット中だからデザートパスして帰る」

「嘘でしょ?」

「あなたが紹介しろって言ったから、紹介したのよ? わたしはとめましたからね。あとは任せました」

「そ、そんな……」

焦る敦彦を置き去りにして、久仁香は足早に店を出ていった。呆然とするしかなかった。あんな喧嘩腰の女とふたりきりにされて、いったいどうしろというのだろうか……。

2

美里はレストルームからなかなか戻ってこなかった。

いっそ自分もこのまま帰ってしまおうかと思っていると、ようやく戻ってきて空いた席をゆるりと眺めた。

「あら、久仁香は?」

「いえ、それが……急に用事を思いだしたとかで……」

敦彦がしどろもどろに言うと、

「ふうん」

美里は平然と席に座り直した。意外な反応だった。

「驚かないんですか?」

「まーねー。昔っからだもん、彼女は。悪い意味でB型の典型。わがままで気まぐれで自己チューー。まあ、わたしもB型なんだけどね」

冗談だとしても笑えなかった。

「ワイン、もう一本頼んでいいかしら?」

「へっ?」

　敦彦は泣きそうな顔になった。コース料理はほぼ終わっている。そして彼女の目の前にいるのは、テーブルマナーがなってない馬鹿野郎だ。そんな状況で、なぜワインの追加などしようとするのだろう? 飲まずにいられないなら、家に帰ってからにしてほしい。この店のワインは高いのだ。

　顔面蒼白になっている敦彦をよそに、美里はテーブルのベルを鳴らしてボーイを呼び、勝手にワインを頼んでしまった。

「心配しなくていいですからね」

　勝ち誇ったような顔で言った。

「いまね、あなたの会社のこと、調べてみたの。年収もだいたい想像ついたから、ここはわたしがご馳走(ちそう)いたします」

　敦彦はさすがに震えた。化粧を直しているふりをして、彼女はスマホで検索していたのだ。敦彦の働いている会社の規模と経営状態を……。

　ボーイが新しいワインボトルを持ってきて、栓を抜いた。オープナーの使い方も、グラスへの注ぎ方も鍛(きた)え抜かれていて、美里はうっとりとそれを眺めている。ボーイに負けないスマートな仕草でグラスをまわし、口に運ぶ。敦彦を見て、再び勝ち誇ったような顔になる。ふふん、といまにも鼻歌まで歌いだしそうだ。

「……楽しいですか？」

　敦彦はもう我慢できなかった。

「そんなふうに男の面子(めんつ)を潰(つぶ)して、なんかいいことあるんですか？」

「べつにぃ」

　美里はシレッと答える。

「わたしはごく普通に振る舞ってますよ。マナー違反はマナー違反、黙ってるのはかえって失礼なので、はっきり注意する。相手より自分のほうがリッチなら支払いも引き受ける……普通でしょ？」

「どこが」

　敦彦は吐き捨てるように言った。

「まあね……僕みたいなのをいじめて、ストレス解消にでもなるなら、どうぞ好きにしてください。高給取りの秘書さんは、さぞやストレスが溜まっているでしょうから」

　開き直って嫌味を言ったつもりだったが、美里には通用しなかった。

「じゃあ、ストレス解消に言わせてもらうけど、曲がりなりにも女を口説こうって席に来るのに、そのネクタイはないいな。センス、ゼロ。髪型もねえ、夏なんだからもっとさっぱりできないかなあ……」

敦彦はワイングラスを空けた。ボーイが近づいてくるのを制止し、自分でたっぷりと注ぎたした。飲まずにいられなかった。おまえはいったい何様なんだ、と思う。しかし、思っても言わせない迫力が、美里にはあった。生来の美しさに加えて、美しくあるための努力を怠っていないのは一目瞭然だった。髪型やメイクは完璧だし、肌の色艶がいいからエステにも通っていることだろう。服装にも隙がなく、濃紺のタイトスーツはブランドものに違いないし、アクセサリーや時計や靴もみな高級そうなものばかりだ。

それに比べて、敦彦はみじめなものだった。営業マンという仕事上、清潔感を心がけているけれど、スーツも靴も時計も、安物ばかり。センスにだって自信はない。そもそも、見た目のセンスで勝負しようと思っていない。

飲むしかなかった。

彼女は所詮、高嶺の花なのだ。たまたま久仁香の友達だったからといって、気安く紹介してもらっていい相手ではなかったのだ。

ボーイがやってきて、敦彦と美里のグラスにワインを注いだ。最後の一杯ずつだった。もうボトル一本空いてしまったのだ。

「これ飲んだら帰りましょう。もう疲れました」

敦彦が溜息まじりに言うと、

「はあ？」

美里は眉をひそめて睨んできた。

「ここはわたしがご馳走するって言ったわよね？」

「いいです。僕が払います」

「よくないのよ。一度払うって言ったからには、絶対に払うわよ。でもね、大人の常識として、一軒目をわたしが払ったら、じゃあ二軒目は僕が……って言うものじゃない？」

「えええっ……」

二軒目も行くつもりなのか、と敦彦は仰天（ぎょうてん）した。行くつもりらしい。美里はグラスのワインを一気に飲み干すと、ボーイを呼ぶために、テーブルのベルをチーンと鳴らした。


イタリアンレストランからバーに移動した。

長いカウンターのある、オーセンティックなバーだ。

並んで腰をおろすと、

「わたし、ギムレットの砂糖抜き。ダブルでちょうだい」

美里は黒服のバーテンダーに注文した。

同じものを、と敦彦は言えなかった。アルコール度数の高いギムレットのようなカクテルを、ダブルで注文する女なんて見たことがない。それに、ウイスキーのオン・ザ・ロックスなどと違って、ショートカクテルには氷の塊が入っていない。ギムレットの場合、シェイカーの中でクラッシュされた氷の欠片がグラスに浮かぶ。それが溶けないうちに飲むのがカクテルマナーのはずだが……。

美里はほんの三口ほどでギムレットのダブルを飲み干し、おかわりを頼んだ。

嫌な予感がした。

そんな飲み方をすれば、あっという間に酔っ払う。美里の眼も、みるみる据わっていく。

「もう振ってもらうの面倒くさいや。ジンをストレートで。ナンバーテン」

「お強いんですね」

バーテンダーも苦笑している。敦彦はまだ、最初に頼んだビールを半分も飲んでいない。

「ねえ、あなた、藤尾くん」

「は、はい……」

敦彦はほとんど震えあがっていた。

「どうして、わたしを紹介してほしいと思ったわけ?」

「そ、それはやっぱり、お綺麗だったから……」

「面食いなんだ? ふっ……なーんにもわかってないわね。女の魅力はね、顔じゃないのよ。女を顔で選ぶなんてね、馬鹿のすること。ばーか」

最悪だった。彼女は性格が悪いだけではなく、酒癖も悪いのだ。なぜあのタイミングで久仁香が帰っていったのか、ようやく合点がいった。

「そうでしょ? 女は顔じゃないでしょ? どう思うのよ、藤尾くん。女の魅力はなんだと思う?」

「あ、愛嬌でしょうか……」

美里が眼を吊りあげて睨んできた。一瞬、水でもかけられるのかと思ったが、次の瞬間、相好を崩した。

「わかってるじゃないの、女は愛嬌に決まってるわよねえ」

慣れなれしく肩を叩いてくる。

「わたし、愛嬌だけはあると思うんだけどなあ。誰もわかってくれないのどうしてかなあ。集まってくるのは、顔が目当ての馬鹿ばっかり」

もう帰りたかった。

「顔が目当ての男っていうのはね、要するに体目当てと同じなのよ。セックスがしたいだけ。どうして男って、セックスばっかりしたがるんだろう。ホント頭悪いわあ」

さすがに腹が立ってきた。これまで出会った熟女でも、こちらが年下だからと多少尊大な態度をとられたことはあった。しかし、ここまで鼻持ちならない上から目線とは……熟女以前に人としていかがなものか。

「どうせあなたもそうなんでしょう？　セックスしたいだけなんでしょ？」

「なにが悪いんですか？」

腹を括って睨みつけた。

「魅力的な女の人がいたら、体を重ねてみたいと思うのは当然じゃないですか」

「だから、その魅力がわかってないの、たいていの男が」

「美里さんは、セックスがわかってませんね」

挑発的に言ってやる。

「気持ちいいセックスをしたことがないんですよ。生きててよかったーっていうエクスタシーを味わったことがないんですよ。だからそんなふうに、セックスを悪く言えるんだ。悪いもののわけないでしょ、男と女が愛しあうんだから」

それほど酔ってもいないのに、自分はいったいなにを言っているのだろうと思った。言った通りのことを思ってはいたが、あえて口にするようなことではない。

美里は言葉を返してこない。しかし、黙っていても、はらわたが煮えくりかえっているのがひしひしと伝わってくる。

「すいません。言いすぎました」

敦彦は頭をさげ、ふうっとひとつ息をついた。

「なんか僕たち、相性悪いみたいですね。せっかく来ていただいたのに、こんな感じで申し訳ないです。もう帰りましょう。喧嘩するために、紹介してもらったわけじゃありませんから」

「帰る？」

美里は口をへの字にしたまま言った。

「あなた、わたしに恥をかかせるつもり？」

「はあ？　なんですか恥って」

「一軒目はわたしが払って、ここはあなたが払うでしょ。ってことは、三軒目はわたしが払う番じゃないの」

まだ行くのかよ、と啞然とする敦彦を睨みながら、美里はジンのストレートを一気に飲み干した。

3

毒を食らわば皿まで、と思った自分が悪かったのだろうか？

悪かったのだろう。

三軒目のアイリッシュパブで、美里は自分がいままでどれだけモテる人生を歩んできたのか長々と演説し、四軒目の小料理屋ではこんな男運の悪い人生はもう嫌だと泣きだした。

酒乱もいいところだった。

悪いのは男運ではなく、あなたの性格と酒癖だと言ってやりたかったが、さすがに泣いている女が相手では鬼にはなれず、必死になってなだめているうちに終電の時間が過ぎた。

泣きやんだら泣きやんだで、手に負えなかった。

「次はわたしが払う番でしょ。女に恥をかかせないでよ、このバカチンが！」

まっすぐ歩くこともできないくせに路上で大騒ぎし、無理やりタクシーに押しこむと、敦彦も引っ張りこまれた。

「とにかく今日はもう帰りましょう。飲みすぎですよ」

なんとかなだめて自宅に向かったものの、タクシーが停まると、

「ひとりじゃ歩けない」

と駄々をこねだした。

「次はわたしが払う番だったから、かわりにうちで飲んでいって」

「いや、もういいですから……お願いですから降りてください」

何度言ってもひとりで降りてくれず、痺れをきらしたタクシーの運転手に舌打ちをされ、しかたなく一緒に降りた。美里の自宅は高層マンションの二十階で、おそらく分譲だろう。エレベーターのない木造二階建てアパートに住んでいる敦彦とは、貧富の格差がくっきりだった。

きっと内装も洒落ていてゴージャスな夜景が見えたりするんだろうな、とホテルのような内廊下を歩きながら思った。これ以上みじめな気持ちになりたくなかったので、部屋に押しこんだらまわれ右をして帰るつもりだったが、美里が玄関扉を開けた瞬間、へちゃむくれの黒い犬がキャンキャン吠えながら飛びだしてきた。パグだ。

「ちょっと、つかまえてっ！」

美里が叫び、敦彦は泣きたくなった。もう深夜の二時過ぎである。いったいなにをやっ

ているのだろうと思いながらパグを追いかけた。丸々と太っているくせに俊敏で、内廊下を右に左に逃げていく。汗みどろになってようやくつかまえた。

「大丈夫よ、マツコ」

犬を受けとった美里が、愛しげに頭を撫でる。

「メスなんですね……」

「元オスよ。去勢してるの」

敦彦はなんと答えていいかわからなかった。

「とにかくあがって」

「はあ……」

敦彦はうなずいて靴を脱いだ。マツコを追いかけたせいで息があがり、とにかく少し休みたかった。どうせ美里もベロベロだ。玄関でつまらない口論をしているより、寝かせてしまったほうが早く帰れるだろう。

マンションの内装は予想通りに洒落ていた。モノトーンを基調にしていて、生活感がまったくなかった。まるでモデルルームみたいだな、と思いながらソファに腰をおろした。レースのカーテンの向こうに、ぼんやり夜景が見えていた。カーテンを開ければ、窓の外が宝石箱のように輝きだすだろう。

「ちょっと待ってね、先にマッコに餌あげちゃうから」

美里が言い、

「お気遣いなく」

敦彦は力なく返した。勝ち組、という言葉が脳裏をよぎっていく。分譲マンションの高層階、セレブ御用達のブランド犬、上場企業勤務の高給取り……彼女の暮らし向きは、なんだか結婚を拒否しているように見える。拒否しているというか、必要ないのだ。

部屋に通されて、美里の本心が少しわかった気がした。友達が紹介してくれる男の前で悪辣に振る舞うのは、恋愛とか結婚が面倒くさいからではないだろうか。友達の紹介で交際が始まれば、真面目に付き合わなければならないし、まわりから結婚のプレッシャーもかかる。そういうのが嫌なのだろう。

だが美里も三十九歳、成熟した体の持ち主だ。セックスがしたくなったらどうするのだろうとぼんやり思い、苦笑した。

欲求不満を解消するだけなら、なにも友達に紹介してもらうことはない。バーでひとりで飲んでいれば、誘いの声は引きも切らない。久仁香だって、敦彦をはじめとしたセックスフレンドが何人もいる。そういうことを、友達の美里にだって言わないだろう。ならば美里だってそうに違いない。欲求不満解消のチャンネルをこっそり隠しもっていたって、少しもおかしくない。

「ワインでも抜いちゃう」

美里がボトルを持ってきた。

「とっておきのオーパスワン！」

ソファの前のローテーブルに、ドンと置く。

「もういいですって……」

敦彦は疲れきった顔で苦笑した。

「そんないいお酒、こんなに酔った状態で飲んだらもったいないですよ。味とかわからないでしょ」

「じゃあ、どうする？　日本酒に焼酎にウイスキーに、なんでもあるけど」

「水でも飲んで寝たほうがいいと思います」

敦彦は立ちあがった。そのまま帰るつもりだったが、腕をつかまれた。強くではない。ジャケットの袖をつままれる感じだ。雰囲気がおかしかった。いままであれほど威勢がよかったのに、恥ずかしそうにうつむいている。急に我に返ったのだろうか。

「じゃあ、寝る」

「ですね」

袖をつまんでいないほうの手で、奥の部屋を指差した。そちらに向かって、体を押された。今度は強い力だった。

「寝室、あっち」

「いっ、いや、あの……」

「寝るなら寝室でしょ、入って……」

ムーディな間接照明がつけられ、ドアを閉められる。敦彦は、なにが起こっているのかわからなかった。美里が服を脱ぎだしたからだ。ノーブルな濃紺のジャケットにタイトスカート、そして白いブラウス……純白の下着が眼に飛びこんできた。白いレースのブラジャー、揃いのショーツが黒いパンティストッキングに透けている。美里は腰を屈め、黒いストッキングをくるくると丸めて爪先(つまさき)から抜いた。上下の下着だけになって、上目遣いで見つめてきた。

言葉はなかった。

部屋の空気が異様に重く、敦彦はうまく呼吸もできない。

美人は脱いでも美人だった。三十九歳というのが信じられなくなるくらい、綺麗な体をしていた。肌の手入れが行き届き、薄闇の中で白く輝いているからだろうか。

全体はスレンダーなのに、出るところは出ている。ブラジャーのカップの大きさに息を呑む。もっとも熟女らしいのは尻と太腿で、たっぷりと肉づきがいい。

美里はまだ黙っている。

だがその表情は、外で飲んでいたときとはまるで違った。せわしなく動いている瞳が、ねっとりと濡れている。眼の下がピンク色に染まっているのは、アルコールのせいだけではない。物欲しげに開かれた唇は、キスを求めているような気がしてならない。

なるほど……。

そういうことか……。

敦彦はようやくピンときた。恋愛対象にはならなくても、遊び相手ならOKだったらしい。結婚など間違ってもあり得ないが、欲求不満解消の相手はしてもらいたいのだ。

自分らしい役まわりだ、と思った。

敦彦にはまともな恋愛経験がなかった。熟女愛に目覚めてから、セックスフレンドには困らなくなったが、誰も彼もが遊びのつもりで敦彦と付き合っていた。もちろん、それでよかった。若い女と不器用な恋愛をしているより、熟女とベッドで戯（たわむ）れていたほうが、敦彦にしても楽しかったからである。

しかし、今日ばかりは傷ついた。

美里には、久仁香を通じて真面目に付き合いたいという旨が伝わっているはずだった。

にもかかわらず、男として徹底的にダメ出しされた。あなたと恋愛なんてできるはずがないという態度を貫かれた。それはそれでかまわないが、セックスだけならOKという態度が許せない。

許せないが……。

敦彦は痛いくらいに勃起していた。美里のような美女に目の前で服を脱がれ、勃起しないわけがなかった。悔しいのは、それを美里に見透かされているところだ。たとえどれほど性格が悪くても、呆れるほど酔って乱れても、自分がベッドに誘えば拒む男なんているはずがない——そう確信している。

許せなかった。

腹が立ってしかたがなかった。

それでも踵を返せない。男としてのプライドを守るためには相手にしないことだとわかっていても、この部屋を出ていく気にはなれない。

美里の思う壺だった。

悔しくてしかたがないのに、服を脱ぎはじめてしまう。滑稽なほどあわててブリーフ一枚になり、美里に迫っていく。

こうなったら……。

めちゃくちゃにしてやろうと思った。男のプライドを守る手段は、まだひとつだけ残されている。この女をひいひいよがり泣かせてやればいいのだ。熟女のツボはわかっている。いままでの経験を総動員して美里を乱れさせ、離れられなくすればいい。快感の鎖で、がんじがらめにしてやるのだ。

ところが……。

敦彦が眼を血走らせて抱きしめようとすると、

「待って」

肩を押し返された。

「今夜はやっぱり、やめときましょう。お互い、酔いすぎてる。なんか、わたし、立ってるのもつらくなってきた……」

それはそうだろう。あれだけ飲めば、馬でも酔う。敦彦にしても、気を抜けば目の前がぐるぐるまわりだしそうだ。しかし、だからといって、ブリーフ一枚になった状況でやめるわけにはいかない。美里にしても大人の女だ。始まってしまえば、快楽に没頭していくだろう。

「いいじゃないですか……」

強引に抱きつこうとすると、スパーンッと頬にビンタされた。信じられなかった。敦彦は打たれた頰を押さえ、泣きそうな顔になった。

「今夜はやめるって言ってるでしょう。もう寝ましょう。睡眠のほうね。一緒のベッドで寝てもいいけど、触ったらダメだからね」

美里は敦彦の手をつかむと、ベッドに向かった。お互いあお向けで横たわり、天井を見上げた。

「おやすみなさい」

どういうわけか、美里は満足げに眼を閉じた。触ったらダメだと言っていたのに、繋いだ手は離さなかった。むしろ強く握りしめたまま、一分と経たないうちに寝息をたてはじめた。

敦彦は呆然としていた。

ビンタされた頰が熱をもち、ズキズキと疼いている。股間で大きくなったものも、ブリーフを突き破りそうな勢いで熱い脈動を刻んでいる。

眠れるわけがない……。

4

朝が来た。

重い瞼（まぶた）をもちあげると、一瞬どこにいるのかわからず、敦彦は焦った。すぐにここが美里の家であることを思いだし、ふうっと息をついた。

ゆうべはやり場のない気持ちで天井を見上げ、朝まで眠れないだろうと思っていたのだが、相当酒も入っていたので、結局は美里を追いかけるように眠りに落ちたのだった。夢を見ることもないくらい、深く眠っていた。

隣に美里の姿はなかった。

起きあがると、ブリーフの前がもっこりとふくらんでいた。朝勃ちだ。いつになくギンギンで、服を着ても股間のテントが目立った。しかし、おさまるのを待っていることもできない。尿意が切羽つまっていたからだ。

恐るおそる寝室の扉を開けた。

股間のテントを隠すように、体を斜（なな）めに向けて出ていく。いささか不自然だったが、テントを見つかるよりマシだろう。

美里はキッチンに立って料理をしていた。広く開放的なリビングに、味噌汁（みそしる）のいい匂いが漂っている。

「ふふっ、やっと起きた」

美里は眼を合わせずに言った。

「いくら土曜日だって、もう九時よ。寝すぎじゃない？」

「す、すいません……」

敦彦の声は情けないいくらい震えていた。美里が赤いエプロンをしていたからだ。妙に家庭的な姿に、ドキッとした。なんとなく、料理なんてしないタイプではないかと思っていた。

そもそも、朝食を用意してくれているなんて、想定外の展開だった。いったいどういうつもりなのだろうか。さすがにゆうべの醜態（しゅうたい）を反省しているのか。それとも……いや、とにかくその前に、トイレに行くことが先決だ。

「あのう、お手洗いをお借りしたいんですが……」

おずおずと声をかけると、

「その前に、ちょっと味を見てくれない？」

美里はお玉を手に、笑顔を向けてきた。

「自信がないわけじゃないけど、味には好みってあるものね」

「いや、その……先にお手洗いに……」

「いいじゃない。味見くらいすぐでしょ」

美里はお玉から小皿に味噌汁を取り、それをもって近づいてくる。

「はい」

小皿を差しだしてきたときは、たしかに笑顔だった。しかし、すぐに股間のテントに気づいた。笑顔がみるみるこわばり、眼が泳ぎだす。

「生理現象じゃないですか！」

真っ赤になって、敦彦は言った。

「用を足せば、おさまりますから……どこなんですか？　お手洗い……」

美里は顔を赤くしている。気まずげに顔を伏せて、部屋の奥を指差す。

敦彦はあわててそちらに向かった。最悪だった。生理現象の朝勃ちとはいえ、勃起していることに気づかれるのは恥ずかしすぎる。いや、セックスのときのように興奮しているわけではないから、なおさら恥ずかしいのかもしれない。

トイレに入った。

しかし、ギンギンに勃起しきったペニスからでは、なかなか用を足すことができなかった。

セックス……。

そういえば、ゆうべはたしかに誘われた。寝室に連れこまれ、美里から先に服を脱いだ。三十九歳とは思えない綺麗な体が、純白レースのランジェリーに飾られていた。その姿は、いまでもくっきりと脳裏に焼きついている。ノーブルでエレガントなタイトスーツ姿も美しかったし、赤いエプロンをしている姿にはドキッとさせられた。だが、あの下着姿は別格だ。綺麗なだけではなく、男心を揺さぶる艶やかさがあった。

熟女ゆえ、だろう。いくら隙がないように見えても、その性感は熟れているに違いない。下着を奪い、愛撫を施せば、獣のように乱れはじめるに決まっている。その予感が、艶やかなオーラになるのだ。若い女ならマグロの可能性もあるかもしれないが、熟女のマグロにはお目にかかったことがない。

よけいなことを考えてしまったせいで、なかなか勃起がおさまらず、用を足せなかった。十分以上個室に籠もっていたので、リビングに戻ると、テーブルに朝食の準備がすっかり整っていた。

「早くして、冷めちゃうから」

まだ気まずげな顔をしている美里と相対し、敦彦は椅子に座った。ごはんに味噌汁に目玉焼き、ひじきの煮物や納豆もある。意外なことに純和風の献立だ。これも熟女ゆえだろうか。この生活感のない高級マンションには、パン食のほうが似合いそうなのに……。

「いただきます」

美里が両手を合わせて言ったので、敦彦もそれに倣った。まずは味噌汁を口に運ぶ。旨い。きちんと出汁をとっている味だ。朝勃ちと格闘していたせいで減退していた食欲が、みるみる復活してきた。男のひとり暮らしでは、こんなまともな朝食にありつけることなど滅多にない。

「いやあ、味噌汁、旨いっすね。宿酔いの体にしみますよ」

「そう？」

美里は澄まして答えたが、満更でもなさそうだ。

「感激ですよ、旅館の朝食みたいで」

味噌汁に続いて、敦彦は納豆の小鉢を手にした。

「タレはありますか？」

「えっ？」

「納豆についてるタレ……」

「ああ……あれは甘いから使わないほうがいいわよ。納豆は醤油と辛子で食べるものなの」

「そ、そうですか……」

こだわりがあるようなので、敦彦は反論しなかった。

「じゃあ……」

醤油の瓶に手を伸ばそうとすると、

「待って。なにするの？」

美里が制してきた。

「なにするって……醤油かけるんでしょ？」

「あなた日本人？　かき混ぜる前の納豆にお醤油かけてどうするの？　お醤油をかけるのは、かき混ぜたあとでしょ」

「……そ、そうですか」

敦彦はしかたなく、納豆をかき混ぜはじめた。美里もかき混ぜはじめる。

「百回はかき混ぜないとね。充分に糸を引かせるからおいしいのよ、納豆は。最初に醤油かけたりしたら、糸引かなくなっちゃうじゃないの」

百回かよ、と敦彦は泣きそうな顔になった。三十回くらいで、手が疲れてきた。なんとか百回かき混ぜ、醤油と辛子を入れてさらにかき混ぜ、ごはんにかける段になると汗までかいていたが、たしかにそうしたほうが旨かった。納豆は好物のひとつだが、三十になるまで食べ方を知らなかったのだから間抜けな話である。

「おいしいでしょ？」

「ええ」

眼を見合わせて笑った。ようやく生まれた親和的な空気に、敦彦の気持ちは和んだ。

「でも、なんかすみません。泊まらせてもらって、朝ごはんまで……これ、食べたらすぐ帰りますから」

「えっ？」

美里が眉をひそめた。

「今日はなんか予定でもあるの？」

「いえ、べつに……」

「じゃあ、デートしましょうよ」

「デ、デート……」

敦彦の心臓はドキンとひとつ跳ねあがった。

「いいじゃない？　せっかくお天気もいいことだし、こんな日に遊びに出なかったら損するわよ」

たしかに天気はよかった。高層マンションの窓から見える空は、雲ひとつない快晴だ。

「どこに行くんでしょう？　海とか……」

敦彦は身を乗りだした。ゆうべの出会いは最悪だった。なんて性格が悪く、酒癖の悪い女なのだろうと思った。しかし、本来の彼女は、そうではないのかもしれない。ゆうべはわざと露悪的に振る舞っていただけなのかもしれない。曲がりなりにも一夜をともにしたことで、喧嘩腰の態度はあらため、素直に自分と向きあってくれる気になったとしたら……。

「うーん、海かあ……」

美里は悪戯っぽく笑った。

「海がいいの？　わたしの水着姿が見てみたい？」

「いや、べつに……」

水着という言葉に反応し、敦彦の顔は熱くなった。三十九歳の女でも、海に行ったら水着になるのだろうか？　美里のような自信満々な美女なら、ありそうな気がした。熟女の水着――いやらしすぎる。

「どうなのよ、わたしの水着姿見てみたいの？」

「僕はその……どこでも……」

「じゃあ、わたしに任せて。海よりもっといいところがあるから。まあ、海みたいなものよ、水際だし」

「湖とか？」

「まあ、いいじゃない。行き先はわたしに任せておいて。とにかくごはん食べたら支度して出かけましょう」

「ええ」

敦彦は笑顔でうなずいた。まさかの展開だった。彼女の口から「デート」という言葉が発せられたことが嬉しく、今日はいい日になる予感がした。

しかし……。

美里に連れていかれたのは、予想だにしないところだった。

競艇場である。

5

ククククッ、と喉の奥で久仁香は笑った。

いつものバーだった。いままでの逢瀬は偶然に任せていたが、今日ばかりは愚痴を聞いてもらいたくて、敦彦が呼びだした。美里のマンションに泊まってから、数日後のことである。

「競艇場ねえ、そんな趣味があったなんて知らなかったけど、美里らしいって言えば美里らしいな」

「まったく、信じられませんよ……。お茶とお花が趣味だとか言っといて……」

敦彦は呆然とした表情で言った。

「デートって言葉に騙された俺が悪いんでしょうけど……まず、格好がすごいわけです。ド派手なワンピースにこーんなでっかい帽子とサングラスで、まるで女優がお忍びデートするような感じですよ。よけい目立つでしょ、そんな格好したら。それで、キャットウォークを歩くモデルみたいに、胸張って競艇場に入っていくわけです。いやね、競馬場ならまだ可愛げがありますよ。馬よりボートのほうが本気度が高いじゃないですか。賭博感バリバリじゃないですか。もちろん、俺は初めて行きましたよ、なのにあの人は片手に舟券、片手にビールで、『させ！　まくれ！　かませ！』って立ちあがって怒鳴るんですから……」

「ストレス解消にいいんじゃないの」

久仁香の笑いはとまらない。

「しかも、穴ばっかり狙うから全然とれなくて、そのうち異様に機嫌が悪くなってですね、競艇場の前にある鉄火場みたいな居酒屋で本格的に飲みはじめたわけです。博打に命賭けてるような連中が、荒んだ眼つきでボート中継を見ながら、濃ゆーい酒を飲んでるところですよ。俺なんか完全にビビってるのに、あの人はそこでも、『させ！　まくれ！　かませ！』ですよ。怒鳴ってはホッピーぐびぐびですよ。最後のほうには、まわりのギャンブラーも引いてましたからね。前歯のないおっさんに、『あんたマネージャーかい？　大変だな』って、俺なんか同情されて……」

「マ、マネージャー！」

久仁香がキャッキャと手を叩く。

「その後はどうしたの？」

「どうしたもこうしたもないですよ。レースが全部終わった夕方には、泥酔しすぎてまっすぐ歩けないんですから。でも、最後のレースでちょっととったから、付き合ってくれたお礼に食事をご馳走するなんて、殊勝なことを言いだしてですね。タクシーに乗った瞬間、爆睡です。繁華街についても起きる気配がなくて、しかたなく自宅まで送りましたよ。着いても起きないから背負って降りて、二十階までエレベーターで上がって……タクシー代、一万八千円ですよ。前の日もけっこう使ったし、しばらく俺、昼飯抜きですから」

久仁香はいよいよ腹を抱えて笑いだした。

「もーダメ、勘弁して、お腹痛い……」

「笑ってる場合じゃありませんよ」

敦彦はバーテンダーを呼び、酒のおかわりを頼んだ。まったく、ひどい目に遭ったとしか言いようがない。美里はやはり、本気で性格も酒癖も悪い事故物件なのだ。だから、あれだけの美貌にもかかわらず結婚ができないのだ。

「でもさ……」

久仁香は笑い疲れた顔で、チェイサーを口に運んだ。

「話を聞いてると、なんかあなた、美里に気に入られてるみたいよ。彼女が男をマンションに泊めて、朝ごはんまでつくったなんて話、聞いたことないもの。絶対、気に入られてる」

「そうですかね?」

敦彦は拗ねた顔で答えた。

「たぶん、ひどい目に遭わせるのにちょうどいい相手だと思ったんじゃないですか。普通、怒りますよ。並みの男なら、最初のイタリアンレストランで、久仁香さんと一緒に帰ってますね」

「だから、並みの男じゃないって見込まれたのよ」

「ごめんですよ」

敦彦は首を横に振った。

「久仁香さんも言ってたじゃないですか？　『面倒見きれない』って。その言葉が、あの人にはぴったりです。面倒見きれません」

「わたしは友達だから、面倒見きれないのよ。だけど、男女の関係になったら、面倒見るしかないじゃないの」

「男女の関係なんて……ないですよ、あの人とは」

敦彦は少し口ごもった。美里の下着姿を見たことや、こちらもブリーフ一枚になって一緒のベッドに寝たことは、さすがに伏せてあった。泊めてもらったとは言ったが、敦彦はソファで寝たと嘘をついた。

「わたしは、こう思うのよねえ……」

久仁香は不意に遠い眼をして言った。

「彼女がこの年まで結婚してないのって、恋に臆病（おくびょう）になってるからじゃないかって。そうなる原因が、過去にあったんじゃないかって」

「つらい恋のトラウマで、恋愛できなくなった……ありがちですね」

「どういうのを想像してる？」

「えっ？」

「彼女がね、どういう種類のつらい恋をしたんだって思う？」

「……さあ」

敦彦は曖昧に首をかしげた。

「不倫じゃないかしら」

「それもありがちじゃないですか」

「ありがちでも、当事者にとってはシリアスよ。美里の場合、上場企業で秘書をしてるわけでしょ。役員秘書よ。大企業の役員っていったらね、中には俗物もいるけど、男としての魅力にあふれてる人が多いものよ。そりゃあもう、一生平社員の人とは比べものにならないバイタリティがあるし、話術にも長けてるし、気遣いだって細やかなわけよ。おまけに、英雄色を好む、わけでしょ。妻子がいたって、目の前にいい女がいたら口説くわよ。美里はいい女じゃない？　仕事の席じゃさすがに、泥酔するほど飲まないだろうし、毒も吐かないだろうしさ。放っておかれるわけがないのよ」

「そうかもしれませんが……」

「エグゼクティブには、セックスがうまい男が多いからね。もちろん、そうじゃない男もいるでしょうけど、ベッドで女を悦ばせるのが大好きな、本物のプレイボーイがいたりするの。そういう男に引っかかっちゃったら……地獄よ。いくら愛してみたって、結婚できないんだもの。でもセックスはしてくれる。蕩けるような甘い雰囲気で、頭の中が真っ白になるくらい気持ちよくしてもらえる……美里があんなふうに酒癖悪くなったのって、わりと最近のことなの。四、五年前から。二十代のころは、嗜むって感じだったし。それが急にあんなになっちゃって……最初はね、結婚を焦って気持ちが荒んでるんだろうって思ってた。でも最近は、なんかもっと深い闇があるんじゃないかって……」

「……あ、ありがちですよ」

敦彦はこわばった顔で言った。

「いかにもありそうな話だし、実際そうなのかもしれませんが……」

想像すると、少しだけ胸がざわめいた。なるほど、あの傍若無人な態度の裏には、なんらかの闇がある気がする。たとえば、あのマンションの部屋だ。極端に生活感がないおしゃれな空間で、オカマの犬と暮らしている。どこか無理をしているような感じがする。本当は、百回もかき混ぜるぐらい納豆が好きなのに、楽屋であるはずの自宅まであそこまでキメキメにして……。

「甘えさせてあげれば」

久仁香がじっと見つめてきた。

「毒を吐くのも、泥酔するのも、甘えてるのよ。男に甘えたいわけ。いいじゃないの、それくらい受けて立てば。付き合ってあげなさいよ、競艇場くらい。あなたなら、それができるような気がする」

「他人事だと思って……」

敦彦は苦笑するしかなかった。

久仁香の言うこともわからないではないけれど、美里とはもう二度と会わないような気がする。

なにしろ、二日にわたって一緒にいたのに、電話番号の交換さえしていない。少なくとも、敦彦にはそれを切りだすタイミングがなかった。気がつけば、美里は酔っていた。手がつけられないくらい泥酔していた。酔った勢いでセックスくらいしてもいいが、恋愛対象にはならない年下の頼りない男——彼女の敦彦に対する評価は、それ以上でも以下でもない気がした。

ならばせめて……。

一回くらい抱かせてほしかったと思わないではなかったけれど、そのためにわざわざもう一度会い、酔っ払いの介抱をする気にはどうしてもなれなかった。

第四章　運命の悪戯(いたずら)

1

瞼(まぶた)をもちあげると、見慣れない天井が眼に飛びこんできた。

いや、一度は見たことがある。自宅ではないけれど、この天井は……。

美里のマンション──その寝室だった。

敦彦はベッドに横たわっていた。隣に家主はいなかった。前回も、敦彦が眼を覚ましたとき、彼女は隣にいなかった。赤いエプロンをして、キッチンで朝ごはんをつくってくれていた。いまが朝か夜か定かではなかったが、また料理をしているのかもしれない。

それにしても、二度と会わないと思っていた美里の家に、なぜ泊まっているのだろう。どうしてここにやって来たのか、ここに来る前にどんなやりとりがあったのか、まったく覚えていなかった。

まあ、いい。

美里に訊いてみればわかることだ。

敦彦は体を起こし、ベッドからおりた。寝癖のついた髪を掻きながら歩きだしたが、扉の前で足がとまった。

リビングに人がいる気配がしたからである。

美里ひとりではないようだった。会話がはっきりと聞きとれたわけでもないのに、妖しい気配だと直感が働いた。そういう雰囲気は、なぜだかすぐにわかるものだ。

いったいどういうことなのだ……。

迷ったすえ、音をたてないように注意しながらドアノブをまわし、扉を少しだけ開いて様子をうかがった。

卒倒しそうになった。

リビングの中央に、男と女が立っていた。男が女を後ろから抱きしめ、女はひどく躊躇っている。

女は美里だった。初めて会ったときと同じ、ノーブルな濃紺のタイトスーツに身を包んでいた。

男は知らない顔だった。六十歳前後で、ダンディアピールがすごい。日焼けした顔に厚い胸板。着ているストライプのスーツはいかにも仕立てがよく、エグゼクティブの雰囲気を漂わせている。

「ああっ、専務、許してください……」

美里がいやいやと身をよじる。男は彼女の会社の専務らしい。

「わたしもう、専務と個人的な関係は解消させていただきたいんです。耐えられないんです……」

「別れるっていうのか？　この僕と……」

「だって、いくら愛しても、専務には家庭が……」

「つまらないことを言うなよ。家庭は家庭、キミとの関係はキミとの関係じゃないか」

男は後ろから、美里の双乳をすくいあげた。タイトスーツのジャケット越しに、日焼けした野太い指をぐいぐいと食いこませる。

「ああっ、やめてくださいっ！」

美里は白い細首をうねうねと振りたてたが、それが本気の抵抗でないことは、敦彦にもわかった。お互いに、馴染んでいる。もう何年も肉体関係を続けてきたのではないかと思わせる、濃厚な雰囲気がふたりの間にはある。

男の指が大胆に動いた、ジャケットとブラウスのボタンをはずし、純白のブラジャーを露(あら)わにする。レースに飾られたカップごと、美里の素肌を乱暴にまさぐりはじめる。

「僕と別れてやっていけるのかい？　若い男で、この体を満足させることができるのかい？　並みの男じゃ手に負えないぞ。このいやらしい体は……」

「いっ、言わないでっ！」

「自分でもよーくわかってるだろう？　綺麗な顔をしていても、ひと皮剝(む)けばドスケベなド淫乱(いんらん)だってな」

男の手指が、強引にブラジャーのカップをめくった。赤い乳首を剝きだしにして、左右ともしたたかにつまみあげる。

「くううっ！」

美里が白い喉(のど)を突きだしてのけぞる。乳首を刺激されるほどに抵抗の力は弱まり、かわりに両膝(りょうひざ)がガクガクと震(ふる)えはじめる。

やめてくれっ！　と敦彦は胸底でさけんだ。

感じているのだ。

口では拒(こば)んでいても、美里の体はダンディ専務にすっかり手懐(てなず)けられているらしい。

スカートがまくりあげられた。艶(なま)めかしい美脚を包みこんでいるのは、黒いストッキングだった。極薄の黒いナイロンが、ふくらはぎや太腿(ふともも)をぴったりと覆(おお)い、股間に食いこんだ白いショーツを透かせている。

男は躊躇うことなく美里の股間に右手を伸ばした。手のひら全体を股間に押しつけ、圧をかけはじめた。一定のリズムで、ぐっ、ぐっ、と押している。二枚の下着越しに、クリトリスを刺激しているらしい。

「あああっ……あああああっ……」

美里はいまにも泣きだしそうな顔であえいでいる。つらそうに眉根を寄せていても、彼女の体は刺激に反応しはじめる。腰がくねりだし、脚が開いていく。自分から股間をしゃくっては、ぶるると身震いしている。

「おっ、お願いします専務っ……もう許してくださいっ……別れさせてくださいっ……わたし、結婚したいんですっ……このままじゃ、結婚できなくなってしまいますっ……」

「結婚なんてつまらんものだよ。キミと出会って、つくづく思い知らされた。人生なんて、所詮オマンコなんだ。いいオマンコするために、僕たちは生きているんだよ。それ以外のことは取るに足りない、どうだっていいことばかりなんだ……」

「くぅううっ！」

美里がすがるように男を見た。

「イキそうなんだろう？」

股間を刺激するリズムをキープしながら、男が笑う。日焼けした顔に脂じみた、これ以上なく卑猥な笑みを浮かべて美里を見る。

「まだパンツも脱がされていないのに、イッちゃいそうなんだろ？　大好きだよ、僕はキミのそういうところが……」

「ゆっ、許してっ……」

「遠慮しないでイケばいいじゃないか？　オマンコは熱くなってるよ。生身に触れたら、火傷してしまうんじゃないかな？」

「あああっ！」

男の右手が変化した。いままでは手のひら全体で股間を包みこむようにしていたのだが、中指一本を立ててクリトリスを集中的に責めはじめたのだ。

もちろん下着の上からだった。ショーツとストッキングを穿いているにもかかわらず、あられもなく乱れはじめる。その美貌を台無しにするような、無残なガニ股になって股間をしゃくる。もはや男に責められているのではなく、彼女のほうから刺激を求めているようにしか見えない。

「……イッ、イクッ！」

ビクンッ、ビクンッ、と腰を跳ねあげて、美里が絶頂に駆けあがっていく。膝がガクガクと震えて立っていられなくなり、男にしがみついた。喜悦を噛みしめるように強く抱擁しながら、淫らがましく五体を痙攣させる。

絶頂の高波が過ぎ去っていった。

美里の顔は、獣の牝の表情から、恥辱にまみれた人間の表情へと変わっていく。拒みながらも絶頂に追いつめられ、それを甘受してしまった痛恨に、これ以上なく歪みきっていく。

男はいたぶるように、美里の顔をのぞきこんだ。

「よかったのか？」

美里は唇を噛みしめる。

「よかったんだろう？　パンツも脱がされないままイカされて……」

「もうっ……もう許してくださいっ……」

美里の頬を、大粒の涙が伝う。こみあげてくる嗚咽をこらえきれず、その場に崩れ落ちて床に膝をつく。

「許す？　僕はもうとっくに許しているよ」

男は仁王立ちで美里を見下ろしながら、ベルトをはずした。ズボンとブリーフをめくりさげ、勃起しきった男根を露わにした。黒々と淫水灼けした、肉の凶器のような男根だった。

「キミがさっき、別れたいなんて口走ったことは許してやる。別れられるわけがないんだ。キミは僕と……」

美里の顔をあげさせ、涙で濡れた頬を肉の凶器で叩く。ピターン、ピターン、といたぶるように叩いては、無言で口腔奉仕を要求する。

「ううう っ……あああっ……」

美里は恥辱にあえぎながら、黒光りする男根を口唇に咥えこんだ。その頬には、まだ大粒の涙が流れていた。けれども口唇は、淫らに収縮して男根を愛でている。涙を流しながらも、熱っぽくしゃぶりあげては、亀頭から根元まで満遍なく舌を這わせていく。

「いいぞ……」

男は嚙みしめるように言い、美里の頭を撫でた。

「それでいいんだ。今夜もたっぷり可愛がってやる。結婚なんかつまらんよ。キミと僕が愛しあってる――その真実に比べたら、どうだっていいことだ。この世に大切なのは、愛しあう者同士がオマンコすることだけなんだ……」

男根を口唇に咥えながら男を見上げる美里はもう、泣いていなかった。せつなげに眉根を寄せ、なにかをねだっていた。

「よし」

男はうなずき、口唇から男根を抜き去った。

「そろそろベッドに行こうか……」

美里の手を取って立ちあがらせ、こちらに向かって歩いてきた……。

2

ハッと眼を覚ますと、そこは敦彦の自宅だった。

顔中が汗みどろだった。

夢だったのだ。

それにしては妙にリアルで、まだ激しい動悸が治まらない。ダンディ専務が美里の手を引き、こちらに向かって歩いてきたときは、どうしようかと思った。自分の立場を説明できなかった。俺の女になにをする、とも言えない。美里のことを愛しているわけではないのだから……。

冷静になってよくよく考えてみれば、いまの夢は、久仁香の話が色濃く投影されたものだった。しかし、あの話だって、久仁香の想像の産物に過ぎないのだ。ありそうな話だが、美里が不倫しているという証拠はない。たとえ職場に男っぷりのいいエグゼクティブが揃っていたとしても、真面目に働いているだけなのかもしれないのである。

もう一度ハッとして、枕元の目覚まし時計を見た。急がないと遅刻だった。平日の朝っぱらから夢についてのんびり思いを馳せていられるほど、サラリーマンは暇ではないのである。

あわてて支度し、会社に向かった。

幸いというべきか、今日は外まわりの予定が入っていない。このところ、妙に浮き足立った日が続いているので、今日は一日、気持ちを整える日にしようと思った。まずはパソコンの整理からだ。終わった仕事のフォルダをまとめ、デスクトップから削除する。あとは、デスクまわりの整理整頓だ。いらない書類をシュレッダーにかけ、雑巾で埃を拭く。ペン立ての底から受話器まできれいにしていくと、ひとりで大掃除をしているような状態になってきたが、気持ちを整えるためには整理整頓がもってこいなのである。

昼前にはすべてが片づいた。椅子に腰をおろしてピカピカになったデスクに向かった。昼風呂にでも入ったようなさっぱりした気分になった。

「おい、藤尾」

ひとり悦に入っていると、課長が声をかけてきた。

「ちょっと早いが、メシに行かないか。蕎麦でも奢るよ」

「へっ？」

敦彦はポカンと口を開いてしまった。ケチで有名な課長からランチに誘われたことなんて、いままで一度もなかったからだ。ケチなうえに男の更年期障害でいつも苛々しているのに、どういうわけか柔和な笑みまで浮かべている。

断る理由もないので、お供することにした。どうせ立ち食い蕎麦に毛が生えたような店に連れていかれるだろうと思っていたら、部長クラスが接待で使うような蕎麦懐石店の個室に通されたので驚いた。

「いいんですか、こんな高そうな店……」

課長と相対して座りながら、敦彦は嫌な予感に震えていた。大の吝嗇家が高い店に入るということは、経費で落とせるということだ。つまり、込みいった仕事の話があるということで、そうであるならあまりいい話ではない気がした。このところ、同期の名越や荒川に比べて、営業成績が振るっていない。

「藤尾、手を出せ」

「はい？」

「いいから両手を出してみろ」

わけがわからないまま言われた通りにすると、課長も両手を出してきて、がっちりと握手された。

「おめでとう、栄転だ」

ひどく遠くから、その声は聞こえた気がした。

「博多営業所で支店長のポストが空いたから、俺はおまえを推薦しておいた。たぶん、問題なく通るだろう。喜べ、出世コースだ」

「いっ、いやあっ……」

敦彦は泣き笑いのような顔になった。

「マ、マジですか?」

「マジだよ」

「しかし、同期なら名越や荒川のほうが……」

「たしかにやつらは優秀だ。放っておいても出世する。だからおまえなんだ。おまえみたいなヌルい男は、早いうちに地方に行って、シビアな状況に揉まれてきたほうがいいってわけだよ」

「そ、そんな理由なんですか……」

「半分はな」

課長は笑った。

「だが、俺はおまえならやってくれると見込んだんだ。数字の上では名越や荒川に勝てなくても、協調性って意味ではおまえに分がある。なんていうんだろうな、損ができる男なんだよ、おまえは。人の上に立つには、なくてはならない資質だと思う。俺だってな、こう見えてそういうところはちゃーんとチェックしてるんだぜ」

「は、はあ……」

降ってわいたような話に、敦彦は呆然とするばかりだった。転勤はサラリーマンの宿命だ。いつかは自分にもそんな日が訪れるだろうと思っていた。しかしそれは、いまではないと思っていた。

博多……。

とんこつラーメンと明太子くらいしか思い浮かばない。福岡ソフトバンクホークスは、このところ強すぎて応援する気になれない。こんな調子で支店長に就任し、やっていけるのだろうか……。

こんなとき、家族がいればすき焼きパーティをやったりするのだろう。

正式な辞令はひと月後になるから、それまでは家族以外には誰にも言うな、と課長に念を押されていた。

つまり、家族がいなければ、誰にも言えない。しかし言いたい。自分ひとりの胸にしまっておくには、この問題は大きすぎる。かといって、盆と正月にしか顔を合わせない両親に、わざわざ電話をする気にはなれなかったが……。

「いやー、まさに青天の霹靂だよ。まさかこの俺が、同期の先陣を切って栄転するなんて、夢にも思ってなかったからさ。もちろん嬉しいよ。嬉しいんだけど……博多っていうのがなあ。いや、札幌でも大阪でも広島でも、ちょっと考えちゃうよなあ。なんだかんだ言って、馴染んだ東京が居心地いいじゃやん？　博多弁とか俺、うまくしゃべれそうにないしさ。ラーメンだって、とんこつより醬油派だし……」

言った相手が愛妻ならば「家族で行けば大丈夫よ」と励ましてくれるだろうか。無二の親友にこぼしたなら、「なに甘えたこと言ってるんだ。チャンスじゃないか」と叱咤してくれるだろうか。残念ながら敦彦には、愛妻も親友もいなかったが……。

終業後、名越に飲みに誘われたが、断ってひとり帰路についた。親友とまでは言えなくても、名越とは仲がいいほうだ。今日のこの不安定な気持ちで酔っ払えば、よけいなことをしゃべってしまうかもしれない。

とはいえ、とてもまっすぐ帰る気にもなれず、夜の盛り場をひとりでうろついた。一瞬、久仁香のことが脳裏をよぎった。美里の一件さえなければ、頭の中が真っ白になるような濃厚なセックスを楽しんだのち、コーヒーを飲みながら異動に関する助言を求めることもできただろう。バリバリのキャリアウーマンである彼女ならきっと、的確なアドバイスを与えてくれたに違いない。しかし、いまとなってはもう、彼女はセフレですらない。はっきり言われたわけではないけれど、友達を紹介してもらった段階で肉体関係にはピリオド——暗黙の了解として、それはお互いにわかっていた。

返すがえすも美里の存在がいまいましい。あんな女を紹介されるくらいなら、久仁香と遊びの関係を続けていたほうが百倍も千倍もマシだった。苛々を鎮めるため、とりあえず眼についた立ち飲み屋に入り、生ビールで喉を潤した。

すぐに後悔した。じっくり考えごとをしたかったのに、なぜ立ち飲み屋になんて入ってしまったのだろう。店内が賑やかすぎるし、人と人との距離が近すぎる。スーツを着たOLふたり組が入ってきて、敦彦の隣に陣取った。女が立ち飲み屋になんて来るんじゃねえ、ここは男のオアシスだ、とキレそうになった。今度は男のグループが入ってきて、女とは反対側の隣に陣取った。相当酔っているらしく、耳障りな大声で話しはじめた。博多弁だった。博多っ子に恨みはないが、いまだけはそれを聞きたくなかった。

生ビールを半分以上残して店を出た。

この界隈には、いくつか馴染みのバーがあった。熟女ナンパをするために開拓した店だ。ナンパするような気力はなかったし、あまりムーディな店で飲むような気分でもない。もうちょっとこう、適度に明るい雰囲気で、かといって賑やかすぎることもなく、ひとり静かに酒を飲みながら考えごとに耽ることができ、考えごとに飽きた絶妙なタイミングで、小股の切れあがった和服の女将が酌をしてくれるような、小粋な小料理屋はないだろうか……。

スマートフォンがメールの着信音を鳴らした。

久仁香からだった。

件名には「懐かしい写真が出てきた」とある。

添付ファイルを開くと、美里の写真だった。それも、大学生時代だろう。いまよりずっと若く、頰はふっくらと張りがあり、瞳がキラキラと輝いている。中高生時代を全寮制の男子校で過ごした敦彦が、東京の大学のキャンパスで圧倒された、あのキラキラ女子である。

いや、そんなものではなかった。お嬢さま大学として名高い女子大の、押しも押されもせぬミスキャンパス——そう言っても過言ではない輝き方で、当時の美里と相対しても、おそらく敦彦は眼を合わせることができなかっただろう。モテるとかモテないとかの段階をとっくに通りすぎ、もはや天使とかお姫さまだ。

なぜだか笑ってしまった。

腹の底からこみあげてきて、路上に立ったままゲラゲラと声をあげた。

最初から格が違うのだ。

お姫さまと平民の関係であれば、美里のあの傍若無人(ぼうじゃくぶじん)な振る舞いもしかたがないのかもしれない。しもべと思われても諦めるしかない。彼女は怒っていたのだろう。少しばかり年をとってしまったからといって、あなたレベルの男に足元を見られる理由はないのだと。こちらは若いころからちやほやされることしか知らない、美しさの日下開山(ひのしたかいさん)なのだと。

その通りだと思った。

久仁香にメールを打とうと思った。——僕はもう、彼女のことは忘れることにします。一度でも酒宴をご一緒できて光栄でしたとお伝えください……。

ところが、打ち終える前に声をかけられた。

「あのう……藤尾さんですよね?」

真っ黒い髪をした、こけしのような若い女だった。いつか合コンで一緒になった、歯科衛生士だ。名前はたしか、若林愛美(わかばやしまなみ)……。

3

小料理屋のカウンター席に腰をおろした。

カウンターの中にいるのは小股の切れあがった和服の女将ではなく、ねじり鉢巻(はちま)きをした厳(いか)つい顔の大将だったが、そんなことはどうでもいい。

敦彦の隣には、愛美が座っていた。

路上でばったり再会し、敦彦はそのままやり過ごそうと思ったのだが、「どうしても話がしたい」と言われ、しかたなく少しだけ飲むことにしたのだ。

ビールで乾杯した。

顔は厳つくても気前のいい大将のようで、刺し身を頼んだら見事な舟盛りが運ばれてきた。

「話ってなんだい?」

甘エビをつまみながら、敦彦は訊ねた。正直、彼女がなにを考えているのか、まるでわからなかった。

普通、こういう展開になってみれば、彼女は自分に関心があるのではないか、と期待するのが男だろう。しかし、いまの敦彦にそんな余裕はなかった。美里の件で傷心していた。好きでもないはずだったのに、そんな気分になっていることで、よけいに落ちこんでしまう。

「藤尾さん……」

愛美はうつむいたまま、かすれるような声で言った。

「この前の合コンで、どうして全然しゃべってくれなかったんですか?」

敦彦は曖昧(あいまい)に首をかしげた。彼女だけではなく、誰ともまともに会話なんてしていない。

「しゃべってくれないどころか、眼も合わせてくれなくて……わたしはお近づきになりたかったのに、二次会もパスしてさっさと帰っちゃうし……」

「お近づきになりたい? 俺と?」

敦彦は苦笑した。

「逆に訊きたいけど、どうしてそう思うわけ? 俺だったら、俺みたいなのとお近づきになりたくないからね。こんな冴(さ)えない男……」

自虐(じぎゃく)したい気分だった。美里のような女の前では、自分は平民でしもべ、そう認識してから、まだ三十分と経っていない。

「理由なんて……わたしにもわかりませんけど……」

愛美はいまにも泣きだしそうだった。

「はっきり言って、自信がなくなっちゃいました……わたし、あれからずっと、落ちこんでます……」

敦彦は次第に、件の合コンの状況を思いだしてきた。女性チームは愛美を入れて三人、他のふたりはやたらと派手で、メイクも濃ければ、服の露出度も高かった。はっきり言って、すぐにやらせてくれそうだったので、名越と荒川はそのふたりにロックオンしたのだ。

つまり、愛美は放置されっぱなしだった。名越と荒川からその後の話は聞いていないが、二次会が終わったあと、めでたくお持ち帰りができた可能性は高い。愛美はひとり取り残され、淋しく家路についたのだろう。

同情心が起きないわけではなかったが、だったら、尻の軽い女になればいいんじゃないの、と助言するわけにもいかない。

「なんていうかその、男と女なんて相性だからさ……」

敦彦は赤貝をつまみながら言った。

「べつにそんなに落ちこむことないんじゃないの。また次のチャンスには、いい男と出会えるかもしれないし……」

「いつもなんです」

じっとりと見つめられた。

「勇気を振りしぼって合コンに出ても、いつもわたしばっかり蚊帳の外。どうしてなんだと思います？」

「さあ……」

敦彦は首をかしげるしかなかった。どうしたらモテるようになるか——誰もが知りたいその秘訣を喝破できるようなら、サラリーマンなどやっていない。全国を講演してまわり、ベストセラーを連発して、ひと財産つくっているだろう。

「藤尾さんは、わたしに全然魅力を感じませんか？」

「いやあ、そんなことないけどさ……」

嘘だった。こけしによく似た愛美は、小柄で少女っぽい。二十二歳にしては幼げで、セーラー服を着れば女子高生にも見えそうだった。ロリータ好きにはたまらないかもしれないが、敦彦の好みは真逆なのだ。青いリンゴではなく、熟れきったマンゴーが好きなのである。

「せめてアドバイスしてもらえませんか？　どうすれば男の人に関心をもってもらえるか……」

「そう言われてもねえ……」

シメサバをつまむと、あまりに美味だったので、日本酒を頼んだ。

「あんまり深く考えないで、飲めばいいんじゃないの。せっかくこんなに魚が旨いんだしさあ。なかなかないよ、こんないい店」

酌をしてやると、愛美は一気に飲み干した。いける口なのか、自棄になっているのか、わからなかったが……。

それにしても、考えてみれば、かなり情けない酒宴である。好きでもない女にふられた気分の男と、どうすればモテるのか悩みまくってる女。敦彦がそうであるように、愛美も結婚したいのだろう。だから勇気を振りしぼって合コンに出ているが、身持ちが堅そうなのでまるでモテない……。

結婚……。

敦彦はハッとした。昼間、課長に栄転の話をされて以来、どうにも胸になにかがつかえている感じだったのだが、ようやく気づいた。

このまま博多に異動になれば、ひとりで彼の地に行かなければならなくなるのだ。敦彦は婚活を始めたばかりだった。そろそろ結婚したいと、それなりに切羽つまった気持ちで始めたのに、まだ結果は出ていない。このうえまるで知らない土地に行き、赴任直後は当然のように仕事に忙殺されるだろうから、ますます結婚が遠ざかっていくではないか。

「あのう……」

愛美が上目遣いで見つめてくる。眼の縁が赤くなっている。

「やっぱり、その……モテるためには、隙をつくることが大事なんでしょうか……」

「いじけるな！」

敦彦が突然声を張ったので、愛美はビクンとして背筋を伸ばし、店中から視線が集まってきた。

「いや、あのね……」

あわてて声をひそめた。

「モテないくらいで、そういういじけた態度はいかがなものかと思うんだよ。恋人なんていなくたって死にゃあしないよ。いいじゃないの、ひとりで胸張って生きていけば……」

自分に言い聞かせるように言った。言っている途中で虚しくなってきた。そうは言ってもやはり、恋人は欲しい……。

「まあ、飲みなよ」

愛美に酌をし、大将に向かって手をあげた。

「すみませーん！　お銚子(ちょうし)、二、三本まとめてもってきてくださーい！」

こうなったらもう、本腰を入れて飲むしかなかった。

4

二時間後――。

敦彦と愛美はラブホテルの部屋にいた。

お互いに酔っていた。

酔うほどに、愛美は敦彦に対する好意を隠さなくなった。はっきり口に出したわけではないが、眼つきや仕草でそれはわかった。熟女原理主義者の敦彦とはいえ、それなりに可愛い二十二歳に、瞳をうるうるさせて上目遣いで見つめられれば、悪い気はしない。

同じ若い女でも、以前一緒にラブホテルに行った二十歳とは、ずいぶん違った。あの女は表情の変化に乏(とぼ)しかったけれど、愛美は逆にくるくる変わる。話がはずむと時折軽いボディタッチをしてきたが、すぐにとんでもないことをしてしまったという表情で身をすくめる仕草には、なんとも保護欲をそそられた。

ない。
熟女にはないことだった。熟女はたとえ欲情していても、人前ではそれを隠す。あとはラブホテルに行くだけという段になっても何食わぬ顔で、イチャイチャしたりは決してしない。

その一方で、こんなことも考えていた。どんな熟女にでも若いころがあり、いまがある。いまは幼げな愛美にしても、いずれは三十になり、四十になる。結婚という長いスパンで考えた場合、青い果実が熟れていく様子を間近でじっくり観察でき、それを楽しむことができるわけだ。

そういう観点に立ってみれば、なにもいま現在の熟女にこだわらなくてもいいのかもしれないと思った。若い娘でもＯＫとなれば、婚活の幅もひろがる。いや、幸いにも好意を寄せてくれる女が、現実にひとりいる。敦彦さえその気になれば、話はトントン拍子に進み、一気にスピード婚という展開だって考えられるのではないだろうか。

なにしろひと月後には、博多行きの辞令が出て、その数週間後には彼の地に飛びたつ身空だった。愛美のようなタイプなら、男に黙ってついてきてくれるだろう。新天地で新婚生活――なんだかそれも悪くない気がする。

「シャワー……浴びてきます」

愛美がバスルームに向かおうとしたので、

「いいよ」

敦彦は手を取ってそれを制した。

「でも、汗かいてるし……」

「大丈夫。愛美ちゃんの汗なら、きっといい匂いだ……」

「あんっ……」

抱擁し、唇を重ねた。大人のセックスを見せてやると思った。どれだけ汗ばんでいようが、局部に嫌な匂いがこもっていようが、全身を隈無く舐めまわしてやるつもりだった。言葉ではなく、行為をもって愛と欲望を伝えるのだ。テンションをあげて、燃えるようにまぐわうのだ。

いささか気負いすぎていた。はっきり言って、敦彦は熟女としか体を重ねたことがない。出会い系の二十歳とは挿入まで至っていないので、自分のセックスが若い娘に通用するのかどうか、未知数だった。これが気負わずにいられようか。

立ったままひとしきりキスを続けてから、服を脱がしはじめた。白いカットソーにベージュのスカート。下着は水着のようなペパーミントグリーンだった。まったく色気を感じなかったが、肌はピチピチだ。そこから漂ってくるのは、フレッシュなレモンのような甘酸っぱい匂いだ。

敦彦もブリーフ一枚になって、ベッドに横たわった。

緊張しているのだろう、愛美は身をこわばらせている。一瞬、嫌な予感が脳裏をかすめた。

マグロだったらどうしよう……。

愛美は奥手のようだから、考えられることだった。その場合、どうしたらいいだろうか。一の刺激で十の反応を返してくるのが熟女だった。十の刺激で一しか反応が返ってこなかったら、失望の深さは計り知れない。

いやいやいや、よけいなことを考えてはいけない。とにかく頑張ればいいのだ。この初々(ういうい)しい、ミルク色の肌はどうだ。かつては相手にしてほしくても相手にしてもらえなかった若い娘が、すべてを明け渡してくれようというのだ。黙って甘受すればいいだけの話だ。マグロどころか、熟女が相手では知ることができなかった、新しい境地が開かれる可能性だってなくはないのだから……。

ブラジャーをはずした。

ペパーミントグリーンのカップの下から現れたのは、手のひらにすっぽり収まりそうな可愛い乳房だった。乳首はどこまでも淡いピンク色。まるで熟練の職人がつくった和菓子のような美しさだった。触れば崩れてしまいそうな儚(はかな)ささえ感じさせ、性感帯にしては繊細（せんさい）すぎると思った。

恐るおそる手のひらに包みこむと、

「……んんっ」

愛美は小さくうめいて顔をそむけ、恥ずかしそうに眼の下を赤く染めた。悪くない反応だった。敦彦は繊細な隆起をやわやわと揉みしだきつつ、ピンク色の乳首を舐めた。まだ微弱な舐め方なのに、愛美の呼吸ははずみだした。どうやら、マグロの心配はないらしい。

いいぞいいぞと胸底でつぶやきながら、右手を下半身に伸ばしていく。太腿の弾力がすごい。蕩（とろ）けるように柔らかい熟女の太腿とはまるで違い、肉がつまっている。指にかなり力をこめても、簡単に押し返されてしまう。

これが若さなのか……。

ひとつになって腰を振りあえば、きっと若鮎（わかあゆ）のように腕の中でピチピチしはじめるのだろうな……。

オヤジじみたことを考えながら、太腿を撫でては揉み、揉んでは撫でた。ペパーミントグリーンのショーツが食いこんだ股間に指を這わせると、下着越しにもかかわらず妖しい熱気が伝わってきた。

興奮しているのだ。

まだハアハアと息を荒げるばかりで、あまり声は出してくれないが、愛美はしっかり感じてくれているらしい。

しかし……。

肝心（かんじん）のテンションが、どうにもあがってくれなかった。いちおう勃起はしているものの、半勃ちくらいの頼りなさだし、なによりこみあげてくる衝動が足りない。一刻も早くショーツを脱がせたいとか、とびきりいやらしい格好でクンニしてやりたいとか、そういう気が湧（わ）きおこってこない。

「あのう……」

愛美が不安げな眼を向けてくる。

「どうかしましたか?」

「いっ、いや……」

敦彦は苦笑に顔をひきつらせた。どうかしていることは間違いないのだが、それを伝えるわけにはいかなかった。伝えれば、気まずい空気になってしまうに決まっている。かといって、現状を打破する解決策も思いつかない。自分はやはり熟女しか愛せないのではないか——そんな不安だけが胸にひろがっていく。

すると愛美は、

「わたしにリードさせてもらえませんか？」

意外な台詞を口にした。

「リード、できるの？」

敦彦が訊ねると、しっかりうなずいた。

「わたし、藤尾さんをひと目見た瞬間に、思ったんです。わたしたち、相性いいだろうなって。エッチの相性が……」

意外な台詞が続く。あの合コンの席で、彼女はそんなことを考えていたのか。セックスの相性なんてことを……。

「ね、いいでしょう？」

愛美は上体を起こしてささやいた。

「いいけど……」

敦彦はうなずきながら、ゾクリと背筋を震わせた。愛美がこちらを見つめている眼が、一瞬邪悪に輝いたように見えたからだった。

5

「なにをするつもりなんだ?」

敦彦は声をこわばらせた。

両手を背中で縛られ、自由を奪われてしまったからである。

愛美は自分がリードすることを許されると、いったんベッドからおりた。敦彦のネクタイを持ってきて、それで後ろ手に縛ってきた。

「こういうこと、したことないですか?」

愛美が無邪気な顔で訊ねてくる。ベッドの上に座った状態の敦彦に、微乳も露わに身を寄せてくる。

「こういうことって……ないよ。縛られたことなんて」

「じゃあ、今日が目覚めの日ですね」

「なにに目覚めるんだ?」

「藤尾さん、Mでしょ?」

「はあ?」

敦彦は眼を見開いて顔を歪めた。

「俺がM？　そんなことないよ……」

むしろ、どちらかと言えばSのほうだろう。サディスティックな趣味があるわけではなく、女の欲望を汲みとっているだけだから、サービスのSかもしれないが。

「絶対Mですよ、わたしすぐにわかっちゃいましたもん」

「いやいや、そんなことは……おおおっ！」

乳首をコチョコチョとくすぐられ、敦彦は身悶えた。

「ほーら、やっぱり。Mの人って、乳首責めに弱いですもんね」

「いや、違う。俺はMじゃない……Mなんかじゃ……おおおっ！」

顔に似合わず、愛美の愛撫は練達だった。爪の使い方が、うまい。硬い爪でくすぐっては、指でつまんでくる。乳首がどんどん熱くなっていく。痺れるような快感が、胸の奥まで染みこんでくる。正直言って驚いた。男の乳首がこれほど感じるものだとは思っていなかった。

「心配しなくても、わたしがちゃーんと目覚めさせてあげますから……もしかすると、ただのMじゃなくてドMだったりして」

ふうっ、と耳殻に熱い吐息を吹きこまれ、敦彦は身震いした。

「ほーら、大きくなってきた」

愛美の右手が、敦彦の股間に伸びてくる。ブリーフにぴっちりと包みこまれた男根は、痛いくらいに勃起していた。珍奇な愛撫に対する条件反射だ——胸底でつぶやいたが、強がりだった。間違いなく、芯から硬くなっている。

愛美は本物のセックス巧者らしい。ブリーフの上から男根を撫でる手つきもいやらしかった。撫でられるほどに、男根は熱い脈動を刻みだし、先端から我慢汁を噴きこぼす。

しかし、興奮の核心はそこではなかった。両手の自由を奪われていることと、これからの展開がまったく読めないことに起因していた。不安に思えば思うほど、どういうわけか胸がざわめく。ドキドキ、ワクワクよりもっと切実な感情に、心が支配されていく。

展開がまったく読めないセックスは、もしかすると童貞喪失以来かもしれない。智世にバスルームに連れこまれ、ボディソープで体を洗われたときのような異様な興奮が、まだブリーフに包まれている男根を、どこまでも硬くしていくのだ。

「横になってください……」

愛美にうながされ、敦彦はあお向けになった。背中で縛られた手が邪魔だったが、そんなことは言っていられなかった。両脚の間で、愛美が四つん這いになった。幼げな顔を淫らがましく上気させ、ブリーフのもっこりふくらんだ部分をハフハフと噛んでくる。もちろん歯は立てない。ハフハフしては頬ずりし、ねっとりと潤んだ瞳で見つめてくる。

顔立ちは可愛いこけしなのに、眼つきだけが異様な熱を帯びている。敦彦をMと決めつけ、「相性がいい」と断言するからには、彼女はSなのだろう。容姿からは信じられないが、いよいよその本性を現しはじめたのだろうか……。

「こーんなに大きくなって、苦しいでしょう?」

触るか触らないかのフェザータッチでテントを撫でながら、口許だけで卑猥に笑う。

「脱がせてほしいですか?」

敦彦はうなずいた。実際、苦しかった。ブリーフに締めつけられ、呼吸をするのもままならない。

「じゃあ、『脱がせてください』ってお願いして」

敦彦は顔をこわばらせた。そんなSMプレイじみた言葉のやりとりに、付き合う義理などない。こちらはMではないのだから……。

「お願いできないの?」

愛美は不満げに唇を尖らせると、上体を起こして敦彦の腰にまたがってきた。彼女はまだ、ペパーミントグリーンのショーツを穿いたままだった。もちろん、敦彦だってブリーフを穿いている。その状態で、騎乗位の体勢になった。

「んんっ……感じる……とっても硬い……」

ブリーフの中で反り返った男根の上に、股間を密着させてきた。騎乗位で腰を振るように、股間をぐりぐり押しつけてきた。

「むむっ……」

敦彦は真っ赤になってのけぞり、首に何本も筋を浮かべた。二枚の下着が間にあるのに、熱気と湿気が怖いくらいに伝わってくる。敦彦が愛撫をしていたときよりずっと激しく、愛美は発情しているらしい。

「ああんっ、気持ちいいっ……パンティ穿いたままなのに、オチンチンの硬さがビンビン伝わってくる……」

ぐいぐいと腰を振っては、せつなげに眉根を寄せる。眼の下や小鼻を赤くしたその顔からは、先ほどまではまったく感じなかった濃厚な色香が漂ってくる。Sの本性を露わに、陶酔した顔で言葉を継ぐ。

「ねえ、藤尾さん、わたしのオマンコ、とってもよく締まるのよ……超キツキツの名器なの……オチンチン、入れたいでしょう？　素直になったら入れてあげる……そう、素直にならないとダメなのよ。わたし、従順なM男くんが好きなの。従順じゃないと、オマンコしてあげないよ……」

淫語を口にしては腰を振り、敦彦を見下ろしながら舌なめずりをする。もはや完全にスイッチが入ってしまったようで、敦彦は唖然とすることしかできない。

それにしても苦しかった。

ブリーフの圧迫感だけでも息苦しいのに、さらに熱気と湿気を放つ女の股間が押しつけられているのだ。

問題は、ただ苦しいだけではないことだった。苦しさの向こう側に、途轍もない桃源郷が待ち受けているような気がしてならない。そのうちブリーフの中で暴発してしまうのではないかと思われるほど男根は膨張しており、実際、噴きこぼした我慢汁でブリーフの中はもうヌルヌルの状態だ。

一瞬、脳裏をよぎったのは、今朝の夢だ。美里がダンディ専務に愛撫されていた。ショーツとストッキング、二枚の下着越しにクリトリスに圧をかけられるや、ガニ股になって腰を振り、あられもなく絶頂に達した。まるであの美里の状態に、いまの自分は置かれているようだ。

「ねえ、藤尾さん……『オマンコして』って言ってごらん」

愛美の両手が、胸に伸びてきた。腰をぐいぐいと動かしながら、左右の乳首をくすぐってくる。

「くぅおおおーっ！」

敦彦は声をあげてのけぞった。あまりの快感に、身をよじらずにはいられなかった。

「ほら、『オマンコして』って言ってごらん。そうしたら、天国に連れていってあげるよ」

「ぐぐっ……ぐぐぐっ……」

敦彦は歯を食いしばって首を振った。そんなことを口にしたら、本当にMではないか。ましてや愛美は、ずっと年下だ。そんな情けない姿をさらすことに、猛烈な抵抗があった。

「ふふふっ……」

愛美は笑った。

「藤尾さんって、やっぱりわたしの思ってた通りの人。女に命令されて、いきなり『オマンコして』なんてへりくだる男なんてつまらない。もっと悶えさせてほしいのよね？」

敦彦の腰の上からおりると、

「ご褒美に脱がせてあげますね」

ブリーフの両脇に手をかけてきた。

「脱がせてほしいでしょう？」

もはやどう反応していいか、敦彦にはまったくわからなかった。顔をこわばらせるだけこわばらせて、金縛りに遭ったように動けないでいると、ブリーフをめくりおろされた。すさまじい解放感を覚えたのは、けれどもほんの一瞬のことだった。愛美はそそり勃った男根を眺めてニヤニヤしている。放置されていることがたまらなくつらく、刺激が欲しくていても立ってもいられなかった。両手が自由であったなら、自分の手でぎゅっと握りしめていたかもしれない。

剝きだしになった男根を放置して、愛美がなにをしたのかといえば、敦彦の体を丸めてきた。その小さな体のどこにそんな力があるのだという強引さで、でんぐり返しのような格好に押さえこんできた。

マングり返しならぬ、チングり返しである。

羞恥と屈辱に加え、頭を下にされたので、敦彦の顔は火を噴きそうなほど熱くなっていった。その顔を、愛美は両脚の間からのぞきこんでくる。彼女の濡れた瞳には、真っ赤になった敦彦の顔だけではなく、硬くみなぎった男根から迫りあがった睾丸、尻の穴までが映っているはずだった。

「やっ、やめろっ……」

泣きそうな顔で訴えると、

「どうしてですか?」

愛美は楽しげに笑った。

「せっかく気持ちよくしてあげようとしてるのに、やめろなんて言うのは興醒めですよ。もっと可愛くしてないと、意地悪しちゃいますから」

ピンク色の小さな舌が、アヌスに襲いかかってきた。禁断の器官に生温い衝撃が訪れ、次の瞬間、左右の乳首をつまみあげられた。

敦彦は悶絶した。

乳首もアヌスも、普段のセックスでは使わない器官である。にもかかわらず、恐ろしいほど感じてしまう。真っ赤に上気した顔が、みるみる脂汗にまみれていく。

その一方で、男根は放置されたままだった。意地悪というより、ほとんど拷問に近い。いちばん刺激が欲しいところを無視して、愛美はアヌスを舐めまわし、乳首をいじりたててくる。男根は刺激欲しさにビクビクとのたうちまわり、涙にも似た我慢汁を噴きこぼすばかりだ。

6

「たっ、頼むっ……」

敦彦は震える声を絞りだした。

「もう勘弁してくれっ……チ、チンコもっ……チンコも触ってくれっ……」

言った瞬間、自分の中でなにかが消えた。男の沽券や矜恃が、指の間から砂がこぼれていくように失われていった。

だが、もう限界だった。十分以上、チンぐり返しの格好で、アヌスと乳首だけを執拗に責められているのだ。放置された男根はパンパンにふくらんで、いまにも爆発してしまいそうだった。いっそ爆発してくれたほうがよかったが、なにも刺激をされない以上、この生殺し地獄が延々と続くだけだった。

「ふふっ、ようやく素直になってきたわね」

愛美はすっかり男に君臨する女王さまの表情でささやき、右手を男根に伸ばしてきた。体つき同様、小さな手指が根元に触れた。その瞬間、敦彦の体には耐えがたいほど痛烈な快感の電流が流れ、

「あああっ！」

叫び声をあげてしまった。

「やだぁ、女みたいな声を出して……」

愛美は卑猥に笑いながら、小さな手指を動かした。軽く触れて、しごいてきた。気が遠

くなりそうなほど気持ちよかったのは、ほんの二、三秒のことだった。愛美はすぐに、アヌス舐めと乳首責めだけの愛撫に戻した。そうしつつ、時折、男根をしごいては、指でピーンとはじいてきたりする。甲高い声をあげてあえぐ敦彦を眺めては、勝ち誇ったような笑みを浮かべる。彼女の陶酔が、敦彦にも伝わってくるようだった。いままで経験したセックスの文脈では理解できない境地に、追いつめられていく感じがした。

「いいのよ、もっと女みたいに声を出して。女みたいにあえぐ男の人って、可愛いもの。ほら、もっと可愛くなって……」

敦彦は恥も外聞もうっちゃって、甲高い声をあげた。隣の部屋まで声が届きそうなほどだった。声をあげればあげるほど、愛美が男根に触れる時間が長くなるからだった。といっても、せいぜい二、三秒が五、六秒になるくらいだったが、敦彦は喉から手が出そうなくらいそれが欲しかった。

「そろそろ出そうじゃない?」

愛美がささやく。

たしかにそうだった。敦彦は言葉を返せなかったが、肯定を意味する沈黙だと、愛美も理解したことだろう。

「じゃあ、『出させてください』って言ってごらん」

「ううっ……」

敦彦は唸（うな）った。恥も外聞も、男の沽券や矜持まで捨ててしまったつもりでも、それを口にすることがまだできなかった。

「やだ、まだ素直になれないの？」

愛美は唇を尖らせたが、眼は笑っている。敦彦が抵抗することが、彼女は嬉しくてしようがないのだ。なるほど、男だってそうだ。羞（は）じらう女を裸にして、快楽でメロメロにする悦（よろこ）びは女にはわからない——と思っていたが、いまはまるで立場が逆になっている。

「じゃあ、もっといじめちゃおうかな……」

愛美はチンぐり返しの体勢を崩すと、敦彦の両脚の間で四つん這いになった。天を突かんばかりにそそり勃った男根をつかみ、亀頭を口唇に咥えこんだ。生温かい口内粘膜に敏感な部分をぴっちり包みこまれ、

「おおおっ！」

敦彦は野太い声をあげた。先ほどまで甲高かった悲鳴が、男根をしゃぶられると低くなるのが、自分でも不思議だった。

愛美はサクランボのような小さな唇で、亀頭を舐めしゃぶってきた。唇も舌もよく動いたが、もっとも驚かされたのが唾液の量だ。男根をみるみるびしょ濡れにすると、敦彦の

体を反転させた。

　うつ伏せにされたのだ。

　一瞬、なにをされたのかわからなかった。後ろ手に縛られているので四つん這いにはなれなかったが、顔をシーツにつけ、尻を突きだす格好になった。愛美は後ろに陣取っている。もはや完全に、男と女があべこべだった。女がバックスタイルでの挿入を待ち構える体勢で、敦彦は愛美にアヌスを向けていた。

　まさか……。

　尻の穴を犯されるんじゃあるまいな……。

　予想がつかない展開だけに、不安が胸を揺さぶってきた。キュッとすぼまったアヌスに、生温かい舌が這ってくる。と同時に、男根を握られた。しごかれると、先ほどまでとはまるで違う快感が訪れた。フェラチオで唾液まみれにされたので、そのローション効果で快感が倍増したのだった。

　男根をしごく愛美の手つきはねちっこく、今度は数秒で離してきたりしなかった。尻の穴を舐めまわしながら、緩急をつけた独特のリズムで男根を刺激してくる。

「むむっ……むむむっ……」

　敦彦は燃えるように熱くなった顔をシーツにこすりつけた。もはや高い声をあげればいいのか、低い声をあげればいいのかわからないほど、愛美の愛撫に翻弄されきっている。

両手の自由を奪われていることが、いつもとまるで様相が違う最大の原因のように思われた。動けないから、快感が内へ内へと溜まっていくのだ。意思とは関係なく、尻や太腿が恥ずかしいほど痙攣する。

射精がしたかった。

思いきり吐きだしたかった。

なにも見えないことと相俟って、来るべきクライマックス以外のことは考えられなくなっていく。

「なーに、また出そうになってるの?」

愛美が男根から手を離した。

次の瞬間、スパーンッ! と尻を叩かれ、敦彦は悲鳴をあげた。

痛かったわけではない。尻の肉は分厚いので、少々強く叩かれてもどうということはない。だがその衝撃が、限界まで高まっていた射精欲に冷や水をかけた。出したくて出したくてしかたがないのに、出すタイミングをはずされてしまったのだ。

「出したかったら、『出させてください』って、可愛くお願いするのよ。じゃなきゃ、いつまでも出させてあげないから」

言いながら、再び男根をしごいてくる。唾液でヌルヌルになった肉の棒を、これ以上なくいやらしい手つきで刺激しては、射精が迫ってくると尻を叩く。あるいは玉袋を引っぱってくる。そうしつつ尻の穴に舌を差しこみ、敦彦をのたうちまわらせる。

なぜ、若い彼女がこれほど男のツボを知り尽くしているのか、と思った。射精に達するか達しないかの見極めが、神がかっていた。もう絶対このまま出せると思っても、出させてもらえない。失意のどん底に突き落とされ、けれども射精を求めることをやめられない。

それどころか、射精をさせてもらえるなら、彼女の奴隷にでもなんでもなりたかった。ひざまずいて足を舐めるとか、そういうことをしてもいいと思った。そんなことを考えている自分が恐ろしかった。顔をこすりつけているシーツはもうびしょ濡れになっていたが、脂汗のせいだけではなかった。

敦彦は泣いていた。射精がしたくて射精がしたくて、大の男が涙まで流しているのだった。

「だっ、出させてっ……」

泣きながら言った。うつ伏せになっていてよかった。泣き顔を見られていたら、この恥辱は数百倍になったことだろう。

「もうっ……もう我慢できないっ……頼むっ……」

「出させてください、でしょっ！」

スパーンッ、と尻を叩かれ、

「ああっ！」

敦彦は悲鳴をあげた。しかし、失望感はやってこなかった。叩きながらも、愛美は男根を手放さなかったからだ。むしろしごくピッチをあげつつ、スパーンッ、スパパーンッ、と連打を浴びせてきた。

「あああっ……出させてっ……出させてくださいっ……」

「もっと可愛くっ！」

「だっ、出させてくださいっ！」

「お尻を振りながらっ！」

「もっ、もう許してくださいっ……おかしくなるっ……頭がおかしくなるから、出させてくださいいいいーっ！」

「……いいわよ」

愛美が低くささやいた。次の瞬間、体を反転させられた。うつ伏せからあお向けにされ、泣き顔を露わにされてしまった。愛美は寄り添うように身を寄せてきて、至近距離から敦彦の顔をまじまじと見つめてきた。射精欲しさに涙まで流している男を嬲るように、ニヤニヤと笑った。

「もっと言いなさい」

男根がしごかれる。あふれすぎた我慢汁のせいで、ニチャニチャと耳障りな音がたつ。

「だっ、出させてくださいっ！」

眼をつぶって叫ぶと、

「眼を開けて言いなさい」

すかさず愛美が言ってくる。敦彦はおずおずと瞼をもちあげ、年下女のサディスティックな視線に嬲られながら、同じ台詞を繰り返す。

「出させてくださいっ！」

自分は最低の人間だと思った。死んだほうがマシな豚野郎だと思った。しかし、どういうわけかむしろそれが興奮を誘う。完全に倒錯している。

「手でいいの？　オマンコのほうがもっと気持ちがいいわよ」

「こっ、このままっ……このままお願いしますっ！」

もう一秒だって我慢できなかった。敦彦の全身はガクガク、ぶるぶる絶え間なく震え、脂汗にまみれている。

「一回くらい出しても、すぐに二回戦ができるわよね？」

「はいっ！」

自信はなかったが、言うしかなかった。

「……じゃあ、出しなさい」

手コキのピッチがあがった。

「眼をつぶったら、手を離すからね」

「あああっ……おおおおおっ……」

敦彦は愛美と見つめあったまま、射精の衝動に身を委ねた。自分はこの女に殺される、と思った。殺されることが、ひどく甘美に思えた。むしろ、自分から進んで殺されたいと思った。手コキのピッチに合わせて腰が動いていた。愛美がそれを見て嘲笑を放った。もっと笑われたかった。もっと蔑んでほしかった。蔑まれて当然だった。こんなふうに射精しようとしている男は……。

「おおおっ、出ますっ……もう出ますっ……で、出ちゃうううううーっ！」

次の瞬間、煮えたぎるような白濁液が、男根の先端から吐きだされた。ドピュッという音が聞こえてきそうな勢いで噴射し、呆れるほど遠くまで飛んでいく。

「もっと出しなさいっ！　もっとっ！」

愛美は容赦(ようしゃ)なく男根をしごき、続けざまに発作を呼びこんだ。いつもの倍のピッチで、倍の量の精が放出されたのではないだろうか。

「おおおっ……おおおおっ……」

衝撃的な快感に声をあげながら、敦彦は長々と射精を続けた。発作が起こるたびに、魂(たましい)が抜けていくような気がした。それは間違いなく、いままで味わった射精とは性質の違うものだった。心は置き去りに、体だけが熱狂しているのだが、わけがわからなくなるほど気持ちいい。最後の一滴を漏らすころには、ここがどこで、自分が誰であるのかさえわからなくなっていた。

第五章　熟女のくせに

1

翌朝、オフィスでのことだ。

「どうしたんだ、げっそりした顔して？」

自分のデスクに座ってぼんやりしていた敦彦の顔をのぞきこむなり、名越は笑った。

「ハハッ、ホントだ。なんだか幽霊みたいな顔してるな」

名越と一緒にやってきた荒川も、追従（ついしょう）して笑う。

「そんな藤尾くんに、今日はいい話がある」

「次の合コンが決まったんだよ。保母さんだぜ、保母さん」

まだ、始業時間まで少し間があった。オフィスには他に誰もいなかったので、ふたりに遠慮はない。

「おまえも参加するだろう？　今度は二次会まできっちり付き合えよ」

「そうだよ。合コンの勝負は二次会なのに、一次会で帰る男なんて、聞いたことないぜ」

「いや、あのな……」

敦彦が話を切りだそうとしたとき、

「おはようございます」

他の同僚が出勤してきた。人には聞かせられない話だった。

「ちょっといいか？」

敦彦は席を立ち、ふたりを会議室にうながした。

「なんだよ、どうかしたのかよ」

「べつに逃げてこなくたっていいじゃねえか。合コンの話くらい聞かれても大丈夫だって」

「違うんだ……」

敦彦は切羽つまった顔で首を横に振った。

「俺が訊きたいのは、この前の合コンのことで……」

「この前？」

「歯科衛生士の三人組さ。おまえら、誰かお持ち帰りしたか？」

名越と荒川は眼を見合わせ、苦笑をもらした。

「いや、失敗した」

「大失敗だったな」

「どんな感じだったんだ?」

「二次会のカラオケはけっこう盛りあがったんだ。二時間くらい歌いまくったところで、愛美っていただろ? 黒髪でこけしみたいな顔した女」

敦彦の心臓が、ドキンとひとつ跳ねあがる。

「彼女が先に帰ったから、二対二でいよいよムードは最高潮になったわけだよ。邪魔者がいなくなったって感じで」

「俺なんか、あの場で4Pが始まることまで期待したもんな」

「残ったふたりは、格好もメイクも派手で、いかにもやらせてくれそうな感じだったじゃん?」

「ところが、蓋(ふた)を開けてみれば、『わたしたちはそんな尻軽女じゃありません』だよ」

「露出度の高い服を着てるのは、そういう格好が好きなだけで、べつに男に媚(こ)びてるわけじゃないなんて怒りだすんだから、まいったよ」

「で、あんたたちは見る眼がないなんて説教が始まってな」

「そうそう。『そんなにやりたいなら、愛美を狙えばよかったのに。あの子はヤリマンよ。誰にでも股開くんだから』なーんて言われてびっくりしたよ」

「後半は、ほとんど愛美の悪口大会だったもんな」

「虫も殺さなそうな顔してるくせに、愛美のヤリマン度は相当らしい。患者でもなんでも、誘われたら絶対断らないし、自分から誘うこともあるっていうからな。で、彼女たちは、『黒髪の清純系はむしろヤリマン』って力説するわけよ」

「どうだっていいけどな。そんな与太話を聞いてるくらいならピンサロでも行ったほうがマシってことで、ソッコーで解散したよ」

「それで、おまえはなにを訊きたかったわけ？」

「あっ、いや……」

敦彦はしどろもどろになった。

「後学のためにさ……合コンの二次会ってのはどんなものなのか……ちょっと知りたくなったというか……」

「だから、そういうことだよ」

「そう。何事もそんなにうまくいくことはない。おいしい思いをしたけりゃ、トライ＆エラーを繰り返すしかないってことさ。仕事と同じだって」

「……だな」

がっくりとうなだれた敦彦を残して、名越と荒川は会議室を出ていった。

「とにかく、週末は保母さんだから」

「過去を振り返ってる暇があるなら、未来を輝かせる努力をしようぜ」

と無駄に前向きな言葉を残して。

敦彦はすぐにオフィスに戻り、仕事をする気にはなれなかった。誰もいない会議室で椅子に腰をおろし、しばらく放心状態に陥っていた。

愛美はヤリマン……。

その事実に打ちのめされてしまう。

なるほど、ヤリマンだと言われれば、すべてが腑に落ちる。小料理屋での涙ながらの態度は、演技だったのだ。奥手と思わせて男をその気にさせ、ベッドインにもちこもうという手練手管だったのだ。

ものの見事にその手に嵌まってしまったのだから、トホホと言うしかない。愛美がなぜ敦彦をMだと思ったのか、その理由はいまもってわからない。もしかすると、合コンの席でひとり白けた顔をしていた男に復讐するつもりで、声をかけてきたのかもしれない。とにかく、敦彦に無視されていたことを根にもっていたのは事実のような気がする。あるいはただ単に、欲求不満を解消したいだけだったのかもしれないが……。

愛美はヤリマン……。

たしかに、控えめな容姿をしている女ほど、実際には深い欲望を隠しているという法則は、人妻にも当てはまるものだった。出会い系サイトで赤裸々なメールを交換し、どんな淫乱が現れるのか期待しながら待ちあわせ場所に向かうと、待っているのはたいてい地味なおばさんだった。その容姿はメールの内容とかけ離れていたが、裸になるとド淫乱の本性を発揮した。

愛美の場合も、そのパターンなのだろう。

少しばかり、特殊な性癖も含まれてはいたけれど……。

愛美はたいしたサディストだった。躊躇うことなく男の肛門をペロペロ舐めまわしてきた大胆さにも驚かされたが、あの年であそこまで男を自在にコントロールできるテクニックは、末恐ろしいものだと言っていい。

手コキで最初の射精に導かれた敦彦は、最後の一滴を漏らしおえると、すうっと意識を失った。ほとんど失神だった。それほどまでに強烈な快感だったわけだが、眼を覚ましたのもまた快感だった。

フェラチオの刺激で、強引に意識を覚醒させられたのである。痛烈なバキュームフェラだった。それだけ強く吸引すれば、米寿の爺さんでも回春させられそうなほどの……。

「まったく、いつまで寝てるつもりですか?」

眼を覚ますと、キッと睨まれた。

「自分ばっかり気持ちよくなって、女の子のこと置き去りにしないでください。わたしだって気持ちよくなりたいんですから……」

敦彦は言葉を返せなかった。後ろ手に縛られたままだったので、抵抗もできない。どれくらい失神していたか定かではないが、おそらく五分くらいだろう。全身にはまだ、射精後の気怠い感覚がありありと残っていた。

しかし、愛美は容赦なくショーツを脱ぎ、恥毛も露わにまたがってきた。躊躇うことなく騎乗位の体勢になり、大胆なM字開脚を披露すると、バキュームフェラで強制勃起させた男根を、みずからの股間に導いた。

とても無理だ、と敦彦は思った。精力も性欲も、完璧に底をついていた。それでも愛美は、おかまいなしに腰を落としてくる。

「ほーら、入っちゃうよ……オチンチンがオマンコに入っちゃうよ……」

愛美の恥毛はほんのひとつまみほどの薄さだったので、結合部がつぶさにうかがえた。アーモンドピンクの花びらも、そこに呑みこまれていく亀頭も、なにもかもが……。

「ねえ、どう？　わたしのオマンコ、気持ちいい？」

愛美の騎乗位は独特だった。割れ目を唇のように使い、男根をしゃぶりあげてきた。器用に腰をくねらせ、股間でもフェラチオができるようだった。

おかげで敦彦は、みるみる精力と性欲を取り戻していった。少し休憩しなければ、二回戦なんてできるわけがないと思っていたのに、気がつけば夢中になっていた。

あれはすごかった……。

すごかったが……。

結論を言えば、自分はやはりMではないということだった。たしかに興奮したけれど、もう一度、愛美とベッドインしたいとは思わない。

「わたしたち、やっぱりとっても相性いいですね。こんなにはりきっちゃったの、久しぶり。また連絡してくださいね。藤尾さんなら、いつでもOKですから」

愛美は相当満足したようで、笑顔で連絡先を教えてきた。

「じゃあ、こっちから連絡する」

敦彦は言い、自分の連絡先は教えなかった。もちろん、二度と会う気がないからだった。

ひどく虚しかった。

自宅に帰ってひとりになると、少し泣いた。

2

その日は外まわりだった。

敦彦が担当している地域の中でも、もっとも遠い場所にあるスーパーマーケットを数軒まわる予定になっており、二時間ほど電車に揺られなければならなかった。

ぼんやりと車窓を眺めていると、意味もなく涙が出てきそうになり、あわてて気を取り直さなければならなかった。

以前、沖縄に旅行したときに聞いた、マブイの話を思いだした。マブイとは魂のことで、彼の地では「マブイを落とす」という言い方をするらしい。事故に遭ったり、びっくりしたときに、魂を落としてしまうという意味だ。マブイを落とすと心身ともに低調になり、負の連鎖に陥ってしまうという。

なんだかそんな気分だった。

沖縄にはマブイを取り戻す呪文のようなものがあり、落とした場所に拾いにいく。それも聞いたはずだが、残念ながら忘れてしまった。

自分はどこに魂を落としてきたのか、考えてみた。

愛美のところだろうか？

そんな気もするが、実のところそれ以前から、自分は魂を落としていたような気がする。

熟女好きのくせに、若い女との合コンなんかに出たときだろうか？

あるいは久仁香のところか？

そうかもしれない。彼女との関係は、それなりに充実していた。セフレでなくなって初めて、彼女の存在の大きさを思い知らされた。とはいえ、彼女とはあくまでセフレ。結婚を考えている敦彦が、彼女に希望を見いだせないのもまた事実であり、遅かれ早かれ別れはやってきただろう。

それでは美里は……。

苦笑がもれた。たぶん違う。彼女とは、決して交わることのない二本の平行線だ。出会うべきではないのに出会ってしまっただけなので、早々に忘れてしまったほうがいい。

目的地までは、まだずいぶんかかりそうだった。ぼんやりしていると、よけいなことばかり考えてしまうので、早く到着してほしかった。

メールの着信音が鳴った。

久仁香からだった。

件名は「こんな写真も出てきました」。

またもや美里の写真だった。もういい加減にしてほしい——そう思ったが、見ないでスマートフォンをしまうことはできなかった。

ファイルを開いて写真を見た。前回と同じく、これも女子大生時代だろう。顔が若かったが、それ以上に驚いたのはレオタード姿だったことだ。ダンス部の練習風景をスナップしたものらしい。

股間への食いこみもきわどい黒いレオタードに身を包んだ美里は、美しいだけではなくセクシーだった。バストやヒップの張りだし方に、生唾を誘うような若々しさがあった。腰の位置が高く、手脚が長いから、セクシーでありながらエレガントでもある。

こんな極上の体を自由にしている男がいるのだろうか、と思う。もちろん、いるのだろう。夢で見たエグゼクティブかどうかはわからないが、確実に存在する。いくら美人でも、美里だって人間である以上、性欲があるのだ。それを吐きだしたい夜があり、吐きだすためには男に体を委ねなければならない。

にわかに胸がざわめいた。

彼女を抱くチャンスなら、自分にだってあったのだ。ムーディな間接照明が灯った部屋で見た、純白の下着姿の美里を思いだす。敦彦はなるべく思いださないようにしていた。思いだせばそわそわと落ち着かなくなる。いまは電車の中なのであり得ないが、自慰に耽りたい欲望がこみあげてくる。

それだけは厳に慎もう、と心に決めていた。美里をおかずに自慰に耽ってしまったら、人としておしまいだと思っている。

抱けなかったことに後悔もない。酔った勢いでセックスくらいしてもいいが、恋愛対象にはならない年下の頼りない男――彼女の自分に対する評価に、ひどく自尊心が傷つけられたからだ。

年上の女に遊ばれることが嫌なのではない。そんなことを言いだしたら、出会い系サイトで知りあい、本名も名乗らないまま体を重ね、淫らな汗をかいている人妻たちだって、似たようなものだからだ。

しかし、美里が相手だと、どうしてもそれが許せない。

理由は自分でもよくわからない。

ただ、ひどく腹が立つ。

美里のことを考えると、腹が立って腹が立ってしかたがない。

酔ってからまれたことや、振りまわされたこと自体を、根にもっているわけではない。

美里という女の存在自体に腹が立つのだ。

容姿や知性や育ちや、すべてに恵まれた高嶺の花である彼女に足りないものは、謙虚さだった。世の中の人間の大半は、彼女ほど恵まれていないけれど、感謝を忘れずに生きている。なのに彼女ときたら、傍若無人だ。自分のような美人はなにをやっても許されるとばかりに、男をもてあそんでくる。その厚顔無恥な図々しさに、怒りを覚えずにはいられないのである。

それは、その日最後の外まわり先であるスーパーでのことだった。

仕入れ担当者とミーティングし、売り場の視察を始めたのが午後三時半。あと一時間もしないうちに、夕餉の材料を求める買い物客が集まってくるだろうが、フロアはまだ静かだった。

敦彦は棚の様子をスマートフォンで撮影しながら、店内を一周した。一日の疲れが出て、ぼんやりしていたのだろう。乾物コーナーで棚出ししていた女性従業員が不意に立ちあがり、もう少しでぶつかるところだった。

「すいません……」

敦彦はあわててよけたが、次の瞬間、眼を見張った。向こうも驚いている。

智世だった。

　四年前、童貞を奪ってくれたシングルマザーである。彼女が働いていたスーパーはここからずいぶん遠い地域なので、驚いてしまった。

「こんにちは」

　柔和な笑みを浮かべた智世は、相変わらず可愛い垂れ眼だった。ただ、眼尻に少しだけ皺（しわ）が増えていた。それ以上に、全体の雰囲気が変わっている気がした。なんというか、ほのかな色香のかわりに、充実感のようなものが表情に出ている。

「お久しぶりです」

「ふふっ、今度はこっちの担当になったの？」

「ええ、まあ……」

「じゃあ、またよく顔を合わせるようになるのね。わたし、先週からこのスーパーでパートしてるの」

「そうですか……」

　時間が巻き戻っていく。ふたりの間に流れる空気が親和的になる。

「急いでる？」

「いえ……」

「わたし、これから休憩だから、缶コーヒーでもご馳走しましょうか？」

敦彦はうなずき、智世に続いてバックヤードに入っていった。

商品の段ボールが山積みにされているところで、缶コーヒーを片手に立ち話になった。

ふたりきりになると、お互いに照れた。喧嘩して別れたわけではないし、彼女とはいい思い出しかない。めくるめく濃厚なセックスの記憶である。

敦彦は彼女に童貞を捧げた。奪われたと言ってもいいかもしれない。当時の智世は欲求不満をもてあましていて、こちらがセックス初体験にもかかわらず、欲望全開のパフォーマンスを展開した。とくに、豊満な尻を上下に振りたてる、背面騎乗位がすごかった。彼女は敦彦に、セックスのイロハを教えてくれた。熟女が肉欲の化身であることも、また……。

勃起しそうになっている敦彦をよそに、智世はそわそわしはじめた。なにか言いたげな顔をしている。久しぶりに再会した元セフレに伝えたいことがあるとすれば、ひとつしか考えられなかった。

「わたし、再婚したの」

やっぱり、と敦彦は胸底でつぶやいた。

「結婚なんて懲りごりだって思ってたのにね……」

「いい人に巡り会えたんですね。おめでとうございます」

「そんないい話でもないのよ。同窓会で再会した元クラスメイトがシングルファーザーになってて、似たような境遇だから悩みを相談しあってたわけ。そしたらそのうち、いっそ一緒になっちゃいましょうかって話になって……向こうの連れ子は男の子ふたりだから、一気に家族が五人になっちゃった。とっても賑やか。もう毎日ヘトヘトよ」

「幸せそうな顔してますけどね」

「そうかな？」

智世は鼻に皺を寄せて悪戯っぽく笑った。

「まあ、幸せなんでしょうね。そう思わないとバチがあたる」

「やっぱり家族はいいもんですか？」

「大変なことも多いけど……でもわたしの場合、淋しいことのほうが耐えられなかったみたい。娘を寝かしつけて、自分が眠りにつくまでのあの淋しい感じが……それに比べたら、寝る前までバタバタ大騒ぎしてるいまのほうが、ずっと幸せ。子供を寝かしつけてから、ダンナと飲むビールが最高」

「いいなあ」

敦彦は笑った。胸が熱くなってきた。かつて愛した女が、幸せになっているのは、こんなにも嬉しいことなのだと思った。セフレにだって愛はある。それに智世の場合、ワンナイトスタンドではなく、初体験を含め二カ月ほど継続的に関係があったのだ。

「羨ましいですよ。僕もそろそろ結婚したいんですけど、なかなか……」

「恋人はいるんでしょう？」

「いません、残念ながら」

敦彦がおどけた顔でわざとらしく溜息をつくと、

「あら？」

智世は不思議そうに眼を丸くした。

「じゃあ片思い中？」

「いやいや、浮いた話自体がないんですよ……泣けてくるな」

爛れた話ならそこそこあるが、と思うとよけいに哀しくなってきた。

「そうなの？　意中の人がいるって顔してるけど……わたしの勘違い？」

「いやあ……勘違いだと思いますけど、どうしてそう思うんですか？」

「うーん……」

智世は敦彦の顔をしげしげと眺めてから言った。

「女の勘かな？」

「そ、そうですか……」

敦彦は頭を掻きながら首をかしげるしかなかった。女の勘は鋭いというが、智世の場合、幸せボケで鈍くなっているのかもしれない。

敦彦に意中の人などいない。いないから困っているのだ。

3

帰りもまた二時間も電車に揺られなくてはならないと思うとうんざりした。

上り列車なので比較的空いているのが救いだったが、とにかく手持ち無沙汰だ。幸い席に座れたので眠ろうとしたものの、疲れているのに眼だけは冴えている。しかたなく、スマートフォンを取りだしていじりはじめる。

メールボックスを開くと、美里のレオタード写真が出てきた。見ているとムカムカしてくる。美人でスタイルがよく、ともすればムラムラしてきてしまいそうなところが、よけいに腹立たしい。

暇つぶしに、久仁香にクレームのメールを送ることにした。

――いったいなんの嫌がらせですか？　暇なんですか？

年上の淑女に送るにしてはいささか無礼な文章な気もしたが、怒っているのでこのまいくことにする。

――僕はあの人に対して、なにもありませんから。ええ、小指の先ほどの好意も抱いてません。紹介していただいたことには感謝してます。それはもちろんです。あんなに綺麗な人、見たことがないし……綺麗なだけじゃなく、磨きあげられてキラキラしてるし、いかにも仕事ができそうだし、自立してる女って感じだし、そのくせ料理がうまかったりして……。

手をとめ、文章を消した。これでは褒めているみたいではないか。もっと辛辣な言葉を並べるのだ、と気合いを入れて新たに書きはじめる。

――とにかく、あの人は最低ですね。美人を鼻にかけて、男を見下す態度に虫酸が走ります。そりゃあね、こっちは見下されてもしようがない虫けらみたいな存在ですよ。もし歳が同じで、同じ学校に通っていたとしたら、あの人はスクールカーストの頂点で、僕なんか口もきいてもらえなかったでしょうね。ちょっと後ろ姿を見ただけで、親衛隊の体育会系にフルボッコにされる、僕なんかの役まわりはそんなところでしょうけど……。

再び文章を消し、深い溜息をついた。

眼をつぶれば、美里の姿が浮かんでくる。純白の下着姿を思いだしてはならない。ひどいことをされたことを思いだすのだ。努力しなくても、いくらでも出てくるではないか。初対面のとき、上座に座ろうとして窘（たしな）められた。あれはひどかった。女性に上座を譲（ゆず）るのが、大人の男の常識かもしれない。緊張していて、そこまで頭がまわらなかったのだ。それを、ボーイもいる前で一喝され、大恥をかかされた。他にも、テーブルマナーがどうのこうのとうるさかった。あんな女、スパゲティでも喉につまらせて死ねばいいのだ……あんな女……。

電話が鳴った。

発信先の名前が表示されず、番号だけが並んでいる。仕事関係者だろうか？

席を立ち、ドアの近くで背を丸め、声をひそめて電話に出た。

「もしもし……」

返事はなかった。悪戯電話だろうか？

訝（いぶか）しげに首をかしげていると、たっぷり十秒以上間をとってから、

「……なにやってるの？」

女の声が耳に飛びこんできた。聞き覚えのある声だった。声そのものは美しく澄んでいるのに、口調はやけに尊大で不機嫌そうな……。

「なにやってるのって、訊いてるんですけど」

美里だった。

敦彦はパニックに陥りそうになった。なぜ彼女が、電話などしてくるのだろう。そもそも連絡先の交換もしていないのに……。

「す、すいません……いま移動中で……」

「そうじゃなくて、どうして全然連絡してこないのって訊いてるの」

「いっ、いや、その……」

まわりの乗客たちが冷たい視線を向けてくる。電車の中で電話をしてはいけないというのは、女性に上座を譲るよりポピュラーな常識である。

駅に到着したので、敦彦はホームに降りた。

「ねえ、なんで連絡を……」

「そんなこと言われても!」

敦彦は遮って言った。

「連絡先を知らないんだから、連絡しようがないじゃないですか」

「わたしだって知らなかったわよ。でも、実際にいま連絡してるわよね。久仁香に訊いたらすぐ教えてくれたもの。しようと思えばできたってことよ」

「いっ、いやあ……」

敦彦は困りきった。いったいなにを怒っているのだろうか。

「俺、連絡するなんて言いましたっけ？」

「しないとも言ってないでしょ。ってゆーか、あなたうちに泊まったわよね？　手料理の朝食までご馳走になったわよね？　普通、お礼を言いたいって思うんじゃないかな。菓子折持ってきてもいいくらいの恩義を、あなたは受けたと思うんだけどな」

「それは……そうかもしれませんけど……」

「いまどこ？」

駅名を言うと、

「遠いわね。じゃあ、二時間後にこの前のイタリアンに集合でいい？」

「……な、なに言ってるんですか？」

驚いてホームから落ちそうになった。

「菓子折のかわりに、ごはんご馳走して」

「俺、会社帰らないと……」

「直帰にしなさい」

「いじめないでくださいよ」

「直帰にして、二時間後にこの前のイタリアンに集合！」

もうめちゃくちゃだった。

「わたしより会社が大事なら、来なくてもいいけどね。わたしにひとり淋しくごはんを食べろっていうなら、どうぞすっぽかしてくださいな。そのかわり、あなたに会うことは二度とないから」

一方的に電話を切られ、敦彦は呆然とした。怒りに全身がわなわなと震えていた。

「けっこうだよ……」

スマホを睨みつけながら、独りごちる。

「二度と会わなくてけっこうだ。すっぽかしてやるから、ひとり淋しくスパゲッティでも食えばいい。ひとりで啜らないで食え。俺には仕事があるんだ。栄転前の大事な時期に、上司をしくじるわけにはいかないんだ……」

4

敦彦は改札を抜けると、イタリアンレストランに向かって走った。

全速力のダッシュだった。電車の乗り換えに失敗し、予定より時間がかかった。あれからもう、二時間十分が過ぎている。待ちあわせの相手は、遅刻を笑って許してくれるタイプではない。

　美里は店の前に立っていた。今日はシルバーグレイのタイトスーツだった。ブラウスは白で、ストッキングとハイヒールは黒。夜闇の中、けっこうな人が行き来しているのに、彼女だけ明るく輝いていた。スポットライトがあたっているからではない。

　美人だからだ。それも、とびきりエレガントな……。

　息を切らせて走りながら、敦彦の脳裏には久仁香から送られてきた二枚の写真がよぎっていった。美里の女子大生時代の写真だ。はじける若さがあり、打ちのめされるほど輝いていたけれど、いまの美里には敵(かな)わないと思った。若いころの美しさは天に与えられたものだ。しかし、もうすぐ四十路になろうという女の美しさは、自分で勝ちとったものだ。外面も内面も努力して磨きつづけなければ、あっという間に冴えないおばさんになってしまう。

　そんなことを思ったことをすぐ後悔した。

「……十五分遅刻」

　敦彦の顔を見るなり、憎々(にくにく)しげに唇を歪めて言った。

「お詫びの席に遅刻してくるなんて、自分から誠意がありませんって宣言してるようなものよ。しっかりしてもらえないかしら」

敦彦は息を整えるのに必死で、言葉を返せなかった。言いたいことなら山ほどあった。

そもそも、なぜ自分がお詫びしなければならないのか。たしかに一宿一飯の恩義はある。

しかし、それを補って余りあるほどこちらだって迷惑をこうむっている。競艇場からの帰り、タクシーで爆睡してしまった彼女を背負い、二十階の部屋まで送っていったのは、いったい誰だと思っているのだ。

だが、そんなことを言ってもしかたがない気がした。文句があるなら来なければよかったのだ。上司の覚えをよくするために、きちんと帰社するべきだった。

なのに来てしまった。

その時点で負けている。

文句もあれば憤りも感じているが、嬉しかったのもまた事実だったからだ。どういう理由であれ、美里が自分ともう一度会いたいと思ってくれたことが……。

「お店、入らないんですか？」

息が整うと、敦彦は訊ねた。

「満席ですって」

「そうですか……じゃあどこか、別の店に……」

「なんかね、お腹空きすぎて逆に食欲なくなっちゃった。ちょっと散歩しない？　すぐそこに公園があるじゃない」

それはグッドアイデアだった。レストランで食事をすれば、安くないお金がかかる。自分より高給取りの美里に、奢らなければならないのは理不尽だ。必然的な理由があれば奢ることもやぶさかではないけれど、散歩だけですむならそれに越したことはない。

「理由を訊かせてよ」

草いきれのする遊歩道を歩きながら、美里が訊ねてきた。電話でのヒステリックな調子は影をひそめ、冷静な声音だった。

「どうしていままで連絡してこなかったわけ？　断っておきますけど、連絡先を知らなかったとか、仕事が忙しかったなんていうのは、言い訳になりませんからね」

「そう言われても……」

敦彦は曖昧に言葉を濁した。

「次に会う約束をしてたわけじゃないし……」

「あっ、それも言い訳にならない。この前の別れ際、わたし泥酔してわけわからなくなってたじゃないの。約束なんてできるわけないもの」

「それはそうですけど……」

問題は別にある気がした。敦彦のほうこそ訊ねたかった。彼女がなぜ、自分のほうから連絡をしてきたのかを。それを確認するために、仕事もうっちゃってやってきたと言っても過言ではない。

「美里さんこそ、どうして僕に連絡をくれたんです？」

「質問に質問で返さないで」

「僕の場合は、ただ尻込みしていただけですよ。美里さんみたいに綺麗な人が、相手にしてくれるわけないって……」

「そんなことないでしょ。一緒のベッドで寝て、手料理まで振る舞ったし、次の日はデートだってしたし……」

「でも、僕に気があるようには思えなかったから……ないでしょ？」

「ないわよ。当たり前じゃないの」

即答だった。しかも被り気味に。少しは期待していた自分が愚かだった。

「じゃあ、べつにいいじゃないですか。僕だって暇じゃないんですから、わけのわからない理由で呼びださないでください」

「なによ、その言い方。そんなこと言うんだったら、来なきゃよかったじゃない。男らしくすっぽかせばよかったじゃないの」

会話が途切れた。

夜闇の中を黙々と歩いていくと、次第に人影がなくなっていった。外灯の数も減り、なんだか心細くなってくる。散歩にしたのは失敗だったかもしれない。酒があれば、もう少し間をもたすことができるのに……。

「疲れたから座らない？」

美里がベンチの前で立ちどまった。

「いいですけど……」

敦彦も立ちどまったが、美里はむくれた顔で腕組みし、いっこうに座ろうとしない。まさか公園のベンチにも上座と下座があるのだろうか？

「ハンカチとかないわけ？」

「いちいち言わせないでよ。気が利かないわね」

敦彦はやれやれと溜息をつきながらハンカチを出し、ベンチに敷いた。

「……すいません」

ハンカチは一枚しかなかったので、敦彦は石のベンチに直接腰をおろした。尻は冷たく、気分は重い。

「美里さんって、異常にモテるでしょうけど……」

沈黙に耐えきれず、敦彦は言った。否定の言葉は返ってこなかった。当然だと横顔に書いてある。

「付き合う男は大変でしょうね。注文が多くて」

「そう？　人として当然のことしか言ってないけど」

「過去にどんな男と付き合ってたんですか？」

思いきって訊ねてみる。

「やっぱり、すげえイケメンとか、とんでもない金持ちですか？」

「……どうだと思う？」

美里は白けきった顔で言った。

「質問に質問で返してますよ」

「違うでしょ。そういうきわどいことを女に訊くからには、自分なりの見解をまず示すべきだって言ってるのよ」

まったく、口の減らない女である。

「不倫でしょ」

意地悪く唇を歪めて言った。

「若いころから超絶美人だった美里さんは、モテてモテてしようがなかったけど、プライドが高いうえに意外と臆病だから、いくらいい男が言い寄ってきても袖にしつづけてきた。転機は社会人になってからで、あいかわらずツンツンしてる鼻っ柱を、経験豊富なエグゼクティブにポキリと折られ、勢いで抱かれて処女喪失。お高くとまってるくせに実はヴァージンなのがコンプレックスだった美里さんは、それ以来セックスに目覚めるも、やっぱり若い男よりは中年のねちっこいやり方が気に入ってて、不倫から不倫へと渡り歩いているうちに、四十路も目の前……そんな感じじゃないでしょうか？」

「……どうしてわかるの？」

美里は眼を丸くした。

図星だったのかよ、と逆に敦彦のほうが驚いたが、

「なーんて言うと思った？　相変わらず安っぽい想像力ね」

つまらなそうに苦笑した。

「わたしは不倫なんてしたことありません」

「ホントですか？」

「どこからそんな疑惑が出てくるのよ。役員秘書だから？　言っときますけどね、職場は戦場よ。仕事をほっぽりだして担当役員と乳繰(ちちく)りあってたら、後ろから弾丸が飛んできて倒れちゃいます」

「そうは言っても、エグゼクティブとの出会いのチャンスは多いわけでしょ」

「だから……」

「もうひとつ！　いまの推理には根拠があります」

「……なによ？」

「白い下着です」

美里は棒を呑みこんだような顔になった。

「美里さんの装いは完璧です。高そうなタイトスーツも似合っていれば、アクセサリーも控えめながら高級感があって、ハイヒールはピッカピカ。これぞ役員秘書って感じのエレガントさなのに、下着だけは……白い下着は、中年オヤジが大好きな、乙女チック・ランジェリーじゃないですか」

敦彦が勝ち誇ったように笑うと、

「たっ、たまたまよ……」

美里はひどく焦った様子で顔をそむけた。

「あの日はたまたま白だっただけで、他の色だってたくさん持ってます。ってゆーか、あなたに下着を見られたことを思いだして、急に恥ずかしくなってきたじゃないの。ああー、なんであんなことしたんだろう。酔った勢いね、それ以外考えられない、どうしてわたしがこんな年下の男に……」

「悪かったですね、こんな男で」

「悪いわよ。あなたもそうだけど、久仁香が頭にくる。彼女にそそのかされて、年下の男もいいかもってちょっと思ったわけ。久仁香は口がうまいから、いろんなこと言うわけよ。固定観念に凝り固まった年上の男より、柔軟な年下のほうが逆に包容力があってあんたに向いてるとかなんとか……でも、実際に会ってみたら、全然ダメじゃない？　マナーもなってなければ、会話も薄っぺらいし……ううん、いちばんダメなのは、男らしくないところ。年下だって男でしょ。わたしに振りまわされてばっかりで、情けないったら……」

この女はいったいなにを言っているのだろうと思った。振りまわすだけ振りまわしておいて、そんな男は情けないとはよく言ったものだ。

やはり面倒見きれない。

彼女と自分は、永遠に交わらない二本の平行線なのである。

「あなたもそう思うでしょ？」

睨まれたが、動じなかった。もはやなにもかもどうでもよかった。来るはずのない電話が彼女から来て、のこのこやってきた自分がド阿呆だったのだ。早くひとりになって、酒が飲みたかった。冷えたビールが頭の中を去来し、喉の渇きが耐えがたくなっていく。

「なに？　拗ねてるわけ？」

美里が顔をのぞきこんで、苦笑する。

「やっぱり子供ね。言い負かされると、黙りこんで」

べつに言い負かされていない、と敦彦は憤った。呆れているだけだ。そもそも子供なのは、自分のほうではないか。外見は大人の熟女でも、中身はせいぜい女子高生。思春期の少女並みに、取り扱いが難しい。

ここは一発、ガツンとかましてやろうか……。

衝動が身の底からこみあげてきた。どうせ、もう二度と会わない女なのだ。そんなに男らしい男が好きなら、男の怖さを教えてやる……。

5

「……なによ？」

こちらを睨んでいた美里の眼が吊りあがった。

敦彦が手を握ったからだ。

「なに勝手に手なんか握ってるの？　セクハラ？」

敦彦は無視して立ちあがった。美里の手を引き、ベンチの裏の茂みに入っていく。

「ちょっとどこに行くのよ？　わたしハイヒールなのよ」

芝生に踵がズボズボ刺さっている。ざまあみろ、だ。不意によろめいたので、抱きしめた。やさしさを発揮したわけではない。

キスをするためだ。

「……うんんっ！」

唇を重ねると、美里は眼を真ん丸に見開いた。外灯は遠かったが、眼が大きいからはっきりとわかった。

敦彦は舌を差しだし、美里の口を強引にこじ開けた。苦しげにあえいでいる口の中に舌を侵入させ、口内を舐めまわした。品のないやりかたで、舌と舌とをからめあわせた。

「な、なにするの……」

美里が声を震わせる。

「キスしたくなったんですよ、悪いですか？」

敦彦は悪びれることなく言い放った。美里がなにか言い返そうとしたが、言わせなかった。

「こんな暗い公園に誘ってきて、そういうつもりだったんでしょ？　男なら青姦で押し倒してみろって、挑発しているわけでしょ？」

「そっ、そんなことっ……ぅんんっ！」

再び唇を重ね、言葉を奪う。夜闇の中で、美里の頬が生々しいピンク色に染まっていく。にわかに漂ってきた女の匂いに、敦彦は奮い立った。むさぼるように舌を吸い、美里を翻弄した。熱い吐息をぶつけあいながら、唾液と唾液を交換した。

そうしつつ、胸のふくらみを揉みしだいた。タイトスーツを盛りあげている艶めかしいふくらみに、ぐいぐいと指を食いこませた。

本当はそこまでするつもりはなかった。青姦発言だって、単なる脅しだ。強引なキスでビビらせれば、それでよかった。高慢女の怯えた顔を見て溜飲をさげてから、冷たいビールを飲みにいこうと思っていた。

しかし、舌を吸われて戸惑っている美里の顔が、あまりにも扇情的だった。男心を揺さぶられ、気がつけば乳房を揉んでいた。揉めばなおさら、頭に血が昇っていく。

「ぅんんっ……ぅんんっ……」

鼻奥で悶える美里は困惑し、なんとかキスから逃れようとしている。敦彦は逃がさない。ひとしきり乳房を揉むと、今度は両手で尻の双丘をつかんだ。抱擁を盤石にしつつ、むさぼるようなキスを執拗に続けた。丸々とした、たまらない尻をしていた。見かけ倒しではない、女らしさがほとばしる隆起だった。それを撫でまわせば、口づけにも熱がこもっていく。三十九歳の唾液の甘さが、頭の芯を痺れさせる。

「なに……するのよ?」

唇を離すと、ハアハアと息をはずませながら上目遣いで見つめてきた。ビンタのひとつも覚悟していたのに、意外な反応だった。上から目線で睨んできたのではない。その表情はあきらかに蕩けていた。羞じらいつつも抵抗できない、女の顔をしていた。

いったいどういうことなのだろう?

あれだけ小馬鹿にしながらも、本当はこういう展開を望んでいたのか?

ならばなぜ、こんなにも弱々しいのだろう……。

先ほどまでの刺々（とげとげ）しさはいったいどこに行ったのか……。

いや、まともになにかを考えていられたのは、ほんの一瞬のことだった。

敦彦は欲望に火をつけられてしまった。

側に大きな木があった。美里の背中をそこに押しつけ、ジャケットのボタンをはずしていく。

「やっ、やめてっ……」

美里の怯えた顔を見ても、溜飲などさがらなかった。むしろ、新鮮な欲望が次から次に芽生えてくる。美里に対して、ついぞもつことがなかった種類の欲望だ。目の前で下着姿になられても起きなかった衝動がいま、敦彦の体を突き動かしていた。

ひきちぎらんばかりの勢いで、ブラウスのボタンをはずした。ブラジャーは白だった。純白のレースだ。意外でもなんでもなかった。「他の色だってたくさん持ってます」と美里は言っていたが、嘘だと思った。だがそれは、中年男の趣味に合わせるためではない、といまは思う。彼女自身の趣味なのだ。女らしさを象徴する部分を、彼女は純白の布で隠したいのだ。

要するに乙女なのである。

とはいえ、呆れるほど深い胸の谷間からは、熟女らしさが匂った。タイトスーツの中に窮屈に押しこまれていたのは、よく熟れた豊満なボディだった。艶めかしいフェロモンがすごかった。ブラジャーのカップを強引にずりさげ、乳首を露わにした。夜闇の中でルビーのように赤い乳首が輝いた。

「あああっ……」

美里が羞じらいにあえぐ。顔をそむけつつも、抵抗はもうしない。ただ怯えている。両脚をガクガクと震わせて、恥辱に耐えている。木に背をあずけていなければ、腰を抜かしていたかもしれない。

敦彦は美里の顔をのぞきこんだ。赤く染まり、つらそうに歪められた美貌を、嬲るようにむさぼり眺めてやる。美里はうつむき、長い睫毛をフルフルと震わせる。敦彦が顔を見つめながら乳首を指ではじくと、

「んんんっ！」

声をあげそうになったが、歯を食いしばってこらえた。ここが野外だからか、あるいは年下の情けない男の愛撫で声をあげてしまうのが悔しいのか、必死の形相で我慢している。

望むところだった。ならば、是が非でも声をあげさせてやりたい。人に見つかり、のぞかれたってかまわない。これほどいい女と乳繰りあっているところを見られるなんて、男子の本懐と言っていい。

純白レースのブラジャーごと、乳房を揉みしだいた。みるみる物欲しげに尖ってきた赤い乳首を、舌先でくすぐるように舐め転がした。

「んんんっ……んんんんーっ！」

美里がうめく。息がはずんでくる。乳首を口に含むと身をよじり、体中を激しく震わせた。ただ単に感じているわけではない。心が千々に乱れていることが伝わってくる。それ

でも感じてしまうのが熟女だった。年下男の強引な愛撫に、為す術もなく翻弄されていく。

敦彦は脳味噌が沸騰しそうなほど興奮していた。そんなふうになることを予想していなかっただけに、興奮しながら戸惑ってもいた。しかし、戸惑いが行為にブレーキをかけることはなく、むしろ先へ先へと進んでしまう。欲望がつんのめり、制御不能になっていく。

右手を美里の下半身へと伸ばしていった。タイトスカートの中に侵入すると、妖しい熱気がこもっていた。彼女は感じている。その思いが、手指の動きを大胆にしていく。股間を手のひらで包みこむ。中指がちょうど、女の割れ目にぴったりとあたる。

「いっ、いやっ……」

下着越しとはいえ、女の急所に触れられて、美里は声を震わせた。

「なにがいやなんですか？」

敦彦は意地悪く言い、美里の顔をのぞきこむ。美里は顔をそむけ、決して眼を合わせてこない。ハアハアと呼吸だけが昂ぶっていく。

敦彦は指を動かした。二枚の下着越しに割れ目をねちっこくなぞりたて、クリトリスのあたりに圧を加える。

いつか夢で見た、ダンディ専務がやっていたやり方だ。ナイロンのざらつきと、その奥に隠された柔らかい肉の感触が、ひどく卑猥なハーモニーを奏でる。夢の男に乗り移られた気分で愛撫を続けていると、ナイロンの奥から伝わってくる熱気が、みるみる強まっていった。淫らな湿気を伴って指にからみつき、やがてじんわりとナイロンが濡れてくる。

ダンディ専務は、ショーツとストッキングを穿かせたまま、美里をイカせていた。そうやって男の余裕を見せつつ、生意気なアラフォー女を手玉にとっていた。もちろん夢の話だが、あれは最高に興奮した。

ぐっ、ぐっ、とクリトリスに圧を加え、割れ目をなぞる。それを繰り返しつつ、時折、こんもりと盛りあがったヴィーナスの丘を、爪を使ってくすぐってやる。敦彦の右手にはいま、ふたりのセックス巧者が取り憑いている。夢で見たダンディ専務と、幼顔のサディスト愛美である。

「わっ、わかった……わかったから……」

美里が焦った顔で見つめてきた。行為が始まって初めて、まっすぐに眼を見てきた。

「こんなところで、その気にならないで……ホッ、ホテルに行きましょう。ラブホじゃなくて、コンシェルジュのいるきちんとしたホテル。わたしがお金を払うから……ね、そうしましょう……」

敦彦はきっぱりと無視して、右手の動きに熱をこめていく。

美里はいまにも泣きだしそうな顔をしていた。そういう顔が見たかったのだ。コンシェルジュのいるホテルになんて、誰が行くものか。行けばまた、彼女のペースになるだけだ……。

クリトリスに圧を加えながら、右手全体をぶるぶると震わせると、

「んんんっ……あああっ!」

美里はついに、声をこらえていることができなくなった。

「いいですよ、声を出しても……」

敦彦は熱っぽくささやき、赤い乳首を舌先で転がした。

「声を出せば、のぞきが集まってくるでしょうからね。こういう公園にはいっぱいいるみたいですよ。他人のセックスをのぞくことに生き甲斐を感じている、卑劣な出歯亀が……」

美里の顔が羞恥に歪む。

「恥ずかしいですか? むしろ俺は誇らしいですけどね。こんなにいい女を悶えさせてるんだから、男としては勝ち組です。見られたら、かえって興奮するでしょうね。もっと見てくれって、さらに過激なことやっちゃったりして……」

「許してっ……」

美里の眼に、涙が溜まっていく。しかしそれは、痛恨の涙でも、哀しみの涙でもない。欲情の涙だ。蜂蜜（はちみつ）のようにねっとりしていて、両眼は焦点を失っていく。彼女の意識はもう、股間だけに集中している。怯えや不安は、性的な興奮に凌駕（りょうが）されようとしている。

その証拠に、美里の腰は動きだしていた。股間を刺激するリズムに合わせて、いやらしいくらいにくねっている。太腿をぶるぶると震わせ、もう立っていられないとばかりに敦彦にしがみついてくる。タイトスーツに包まれた体全体から、熱気が伝わってきた。彼女の体は欲情に熱く火照（ほて）り、胸元にはうっすらと汗まで浮かんでいる。

「腰が動いてますよ」

「いっ、言わないでっ……」

「事実じゃないですか。素直に認めましょうよ」

敦彦は右手を動かすピッチをあげた。中指一本を立て、クリトリスに刺激を集中させた、そうしつつ左手で乳首をつまみ、押しつぶした。美里はもう、木に背をあずけていない。敦彦にしがみついて、いやいやと身をよじっている。もちろんそれはカモフラージュで、腰の動きがいやらしすぎることになっているから、誤魔化（ごまか）そうとしているのだ。

「ねっ、ねえっ……」

濡れた瞳で見つめながら、小刻みに首を振った。

「わっ、わたしっ……わたしもうっ……」

「イキそうですか？」

敦彦は脂っこい笑みを浮かべて美里を見た。美里はコクコクと顎を引く。紅潮した美貌が可哀相なくらいひきつって、唇がわなないている。

「パンツも脱がされてないのにイッちゃうなんて、いやらしいですね？」

美里は答えない。

「澄ました顔して淫乱だったんですか？」

「いじめないで！」

叫びつつも、もう眼は合わせてこない。

「イキたいですか？」

ぐりぐりとクリトリスを押しつぶすと、

「あああっ……」

美里は空気が抜けるような声をもらして、全身を激しく震わせた。

「イキたいんですか？」

コクコクと顎を引く。

「じゃあ、お願いしてください。『イカせて』って、可愛らしく」

「いやっ！」

髪を振り乱して首を振る。

「イキたくないんですね？」

右手の動きを緩和すると、

「やめないでっ！」

今度は眼を見て叫んだ。

「じゃあ、可愛くお願いしてください」

敦彦の右手はもう、しつこく動かしすぎて痺れかけていた。それでも、やめるわけにはいかない。羞恥と欲情の間で身悶えている美里の顔がいやらしすぎて、もっと追いつめたくてしかたがない。

「ううう……ううううっ……」

美里はしばらく唸りながら、唇を嚙みしめていた。しかし、腰は動きつづけている。ダンスを踊るようにくねらせるだけではなく、ガニ股になって股間をしゃくる淫らな動きまで披露(ひろう)している。

もう少しだった。

高慢ちきな役員秘書がプライドを捨てる瞬間を、あと少しで見られるはずだったが、

「ああっ、いやっ！」

美里は唐突に甲高い声をあげた。

「もうイクッ！　イッちゃうっ！　はっ、はぁあああああーっ！」

ビクンッ、ビクンッ、と腰を跳ねさせて、美里は絶頂に駆けのぼっていった。あまりに唐突だったので、敦彦は焦らすことができなかった。むしろ、フルピッチで右手を動かし、美里が絶頂に達することに奉仕してしまった。圧倒されてしまったからだ。

「はぁうううーっ！　はぁあおおおおーっ！」

獣じみた悲鳴をあげて、美里は敦彦にしがみついてきた。驚くほど強い抱擁であり、激しいオルガスムスだった。イッてからの痙攣がすさまじく、類い稀な美貌をあられもないほどくしゃくしゃにして、肉の悦びに溺れていく。

敦彦はすでに股間を刺激していられなくなり、両手で彼女を抱きしめていた。そうしていないと倒れてしまいそうだったからだが、強く抱きしめれば抱きしめるほど美里の痙攣は激しくなっていった。息がとまるほどの抱擁が、オルガスムスを深く嚙みしめさせるようだった。

余韻も長々と続いた。

美里は「あっ、あっ」とあえぎながら、しつこいほどに敦彦にしがみつき、決して離そうとしなかった。

二、三分も、そうしていたと思う。

もしかすると、五分以上かもしれない。

それほど長く、オルガスムスに留まっている女を、敦彦は他に知らなかった。ようやくしがみついてくる腕から力が抜けると、敦彦の煮えたぎるような興奮は冷めていた。ズボンを突き破りそうな勢いで勃起していたけれど、続きをする気が失せてしまった。

自分でも不思議だった。

こんなことは初めてだった。

あとに残ったものは、舌がざらつくような後悔と深い罪悪感だけだった。

第六章　素直になりたい

1

　その日、敦彦は同期との酒宴でしたたかに飲んだ。

　名越と荒川に誘われ、その日ばかりは断るわけにもいかず、終業後すぐに、会社近くの居酒屋で飲みはじめた。

　博多営業所への異動——栄転の辞令がついに出たのである。

「しかし、驚いたよ。まさか藤尾が同期の中で出世頭になるとはな。行くなら俺だと思ってたから」

　名越が言えば、

「いやいや、俺でしょ。数字だけで見たら俺がトップだもん」

と荒川も応酬する。

ふたりとも悔しげに悪態ばかりついていたが、それは照れ隠しで、敦彦の栄転を心から祝ってくれた。女癖は最悪に近いけれど、さっぱりしたいい男たちなのだ。彼らと同期でよかった、と敦彦は胸が熱くなるのを禁じ得なかった。

「それにしても、問題は女だよな」

名越が腕組みをして唸る。

「ひとりで行くのは淋しいだろうが、異動まで二週間じゃ、これから合コンして見つけるわけにもいかんしなあ」

「だから、保母さん合コンに来ればよかったんだよ。けっこうさばけた女の子たちで、すぐにやらせてくれたから。歯科衛生士と違って」

「いやあ、もう合コンは懲りごりだよ」

敦彦は苦笑した。

「俺は向いてない、ああいう席で自分をアピールするの」

「まあ、向こうでじっくり探せばいいか」

名越が意味ありげに笑う。

「博多って、なんかいいイメージあるよ。食うもんは旨そうだし、博多弁は可愛いし、女は情が厚そうで……よく知らないけど」

「転勤にはそういう楽しみがあるよな」

荒川がうなずく。

「こっちじゃへっぴり腰の藤尾くんも、知らない土地でひとりになれば、淋しくて淋しくて、しゃかりきに女の尻を追いかけまわすかもしれない」

「合コンがセッティングできそうなら、すぐ声かけてくれよな。ふたりで博多まで飛んでいくから」

「まったく、おまえら合コン以外に話題ないのかよ」

敦彦は呆れた顔で酒を呷（あお）った。

とはいえ、このバイタリティは見習うべきかもしれない。異動の内示を受ける前から、敦彦は婚活の行動を起こしていた。そろそろ結婚しなくてはと焦っていたのに、結局はなんの成果も残せないまま、異動というサラリーマン人生の重要局面を迎えてしまった。知らない土地にひとり淋しく旅立つのも、自業自得と言われればその通りだ。

居酒屋を出ると、ピンサロに行こうというふたりの誘いを断って、ひとり帰路についた。

明日から忙しくなりそうだった。

仕事の引き継ぎをして、各方面に挨拶（あいさつ）まわりをしなければならない。送別会の予定はすでに二、三本入っているし、引っ越しの準備も必要だ。

気合いを入れなければならないのに、敦彦はなんだか気が抜けた状態だった。栄転が正式に発表されても、やる気が湧きあがってこない。この一カ月ばかり、心に風穴が空いたような気分をどうすることもできないでいる。

一カ月前……。

敦彦は美里と夜の公園でキスをした。愛とか恋とか、そういう感情があったからではない。上から目線で接してくる彼女を、少し脅かしてやろうと思っただけだ。美里がこちらの迫力におののけば、冗談ですよ、とキスだけで解放し、彼女とはそれっきりにするつもりだった。

なのに、途中からのめりこんでしまった。夢で見たダンディ専務、そしてドSの愛美に責められた記憶に触発されつつ愛撫を続け、絶頂に導いた。欲求不満の熟女とばかりセックスしてきた敦彦が驚くくらい、激しい絶頂だった。

美里の余韻が落ち着くと、敦彦は彼女の服を直し、手を取って茂みから出た。夜の公園を言葉もなく歩き、駅で解散した。

美里はまだ呆然としていたけれど、「じゃあここで」と立ち去ろうとする敦彦に、不思議そうな眼を向けてきた。それも当然だろう。彼女は一度イッたけれど、いかにも中途半端な終わり方だった。しかし敦彦には、続きをする気はまったくなかった。辱めるようなやり方で美里を絶頂に導いたことを、激しく後悔していた。ひどいことをしてしまったという自己嫌悪で、彼女の顔をまっすぐに見られなかった。

あれから美里には会っていない。

連絡もない。

敦彦からもしていない。

博多に転勤になってしまえば、二度と会うことはないだろう。

自分と彼女は、決して交わることのない平行線——やはり、それが運命なのだろうか。

会えば腹立たしいことの連続だったけれど、彼女ほど心がかき乱された女はいないことも、また事実だった。

この一カ月、ずっとそのことばかり考えていた。

美里という女は……。

男の劣等感をかきたてるのだ。腹立たしさの原因は、自分の不甲斐なさへの苛立ちだった。上から目線が気に入らないなら、尊敬される男になればいい。それがとてもできそうにないから、夜の公園で乱暴なことでもするしかなくなる。

美里という女は……。

男の想像力を揺さぶってきた。彼女に言わせれば「安っぽい想像力」なのだろうが、過去にあった華やかな恋愛のあれこれを、どうしたって想像せずにはいられない。きっと自分より何倍もイケメンで、何倍も金持ちで、何倍も大人の余裕を漂わせているナイスガイに、いい思いをさせてもらってきたに違いない。女子大生時代の彼女と比べ、いまの彼女のほうが輝いて見えるのは、経験の厚みのせいだ。いい恋愛や濃厚なセックスで磨きあげられたから、三十九歳になってもあれほど麗しくいられるのだ。

嫉妬してしまう。

彼女と恋をすることができた男に、身をよじるほどの嫉妬を覚えずにはいられない。

美里という女は……。

美里という女は……。

美里という女は……。

気がつけば、彼女のことばかり考えていた。考えてはならない、忘れてしまおうと思えば思うほど、ふとした瞬間に脳裏をよぎり、ぼんやりしていればその美しい容姿を思いだし、一日を無事に終えて眠りにつくと夢に現れる。

もう許してほしい。

どうすれば彼女から解放されるのか、いつになったら笑いながら思いだせる日が来るのか、神様がいるなら教えてほしかった。

2

東京で過ごす最後の土曜日――。

引っ越し作業が思いのほか順調に進み、午後にぽっかりと時間が空いた。

明日の日曜日は学生時代の友達とミニ同窓会があり、月曜、火曜は会社関係の送別会が二連チャン、水曜日には新天地に向かう。

東京で自由に過ごせる最後の時間を前に、敦彦の脳裏に浮かんできたのは、やはり美里だった。

謝りたかった。

夜の公園で強引なことをしてしまったこともそうだが、マナーがなってないことや、気が利かなかったことや、年下のくせに生意気なことばかり言っていたことなど、すべてをひっくるめて彼女に謝りたいという衝動が数日前から胸に巣くい、引っ越し作業をしながらもひとりで悶々としていた。

もちろん、謝ったところでどうなるものでもない。

こちらは四日後には機上の人なのだから、二度と会うこともないだろう。

要するに自己満足だ。

言葉もなく中途半端に別れたままでは、博多に行っても彼女の記憶を引きずることになりそうなので、それを断ち切りたかった。とことん自分勝手な話だけれど、自己満足というより自己防衛と言ったほうが正確かもしれない。

とにかく、謝ることですっきりしたかった。

悪かったのは自分なのだ。いくらセフレの友達とはいえ、美里のような女を紹介してもらうなんて、大それた態度だった。ましてや、結婚を前提に交際することが目的だったのだから、身の程知らずもいいところである。そう言って頭をさげれば、彼女だって悪い気はしないだろう。

敦彦は身支度を調え、段ボールだらけの部屋を出た。電話を入れることも考えたが、アポなしで訪問することにした。なにしろ自己満足のためなのだ。不在なら不在で、その運命を受けとめようと思った。

途中、デパートで手土産（てみやげ）を買った。有名フルーツショップのマスクメロンを張りこんだ。眩暈がするほど高かったが、謝罪には誠意が必要であろう。敦彦の中で、もっとも高級な手土産がメロンだった。

「しかし、すげえな……」

美里の住む高層マンションを見上げると、溜息が出た。昼間に来たのは初めてだったので、圧倒される迫力だった。いつか自分もこういうところに住んでみたい、とは思わなかった。天を突くようにそびえ立ったこんな住処は、平民には決して手が届かない高嶺の花にこそ相応しい。

エントランスのインターフォンで、美里の部屋の番号を押した。反応がなかった。もう一度押しても、声が返ってこない。

不在らしい。

やはり、そういう運命なのか。とはいえ、せっかく来たのだから、近くのカフェで時間を潰し、あとでもう一度来てみようか——ぼんやり考えていると、

「……なによ?」

インターフォンから、思いきり不機嫌そうな声が聞こえてきた。たしかに美里の声だったが、不機嫌そうなだけではなく、低くしゃがれている。

「あっ、いや……」

不在だと思っていたので、敦彦はしどろもどろになった。

「ちょっと、その……ご挨拶を……」

美里は黙っている。なんのご挨拶か意味不明なのだろう。あわてて、博多に転勤になった件を伝えようとすると、

「氷買ってきて」

美里が言った。

「えっ？　氷？　どうして……」

「マンション出て、右に一分くらい行くとコンビニがあるから。そこで氷買ってきて。なるべくたくさん……」

「なにに使うんです？」

「いいから！」

一方的にインターフォンを切られ、敦彦は呆然とした。しかしまあ、不在よりはマシだったかと思い直し、コンビニで氷を買ってきた。もう一度インターフォンを押すと、言葉もなくエントランスのドアが開いた。

エレベーターで二十階まであがり、今度は部屋の呼び鈴を押す。たっぷり五分以上待たされてから、ドアが開いた。

美里はノーメイクだった。いつもキューティクルがキラキラ輝いている長い黒髪が無残に乱れ、ピンクと白のストライプの子供じみたパジャマを着て、おまけに薄汚れたウサギ

のぬいぐるみまで抱えていた。

敦彦は絶句した。突っこみどころ満載のいでたちのせいではなく、美里が真っ赤な顔でふうふう言っていたからだ。風邪をひき、高熱があるのが、一目瞭然(いちもくりょうぜん)だった。

「氷」

手を出してきたので、渡した。

「じゃあね」

氷を受けとるなり、美里は部屋に戻ろうとした。玄関の段差で転んだ。なるべくたくさん買ってこいと言われたので、二キロ入りの氷を三袋買ってきた。さすがに重かったのだろう。

「大丈夫ですか？」

閉まりかけたドアの隙間に、敦彦は体をすべりこませた。美里は睨んできたが、言葉はなく、ふうふう言っている。しゃべれないくらい、つらいらしい。これは緊急事態だった。遠慮している場合ではない。

「ベッドまで送ります」

とりあえず氷は放置したまま、美里の体を抱えた。やけに重く感じるのは、体に力が入っていないからだ。はだけたパジャマの胸元から、汗の匂いが漂ってきた。ツンと鼻につく匂いだった。寝込んでいて風呂も入れなかったのだろう。なんとかリビングまで運んでいくと、目の前の光景に絶句した。モデルルームのようなスタイリッシュな空間が、見る影もなくなっていた。至るところに服やタオルやゴミが散乱し、オカマのパグ犬が走りまわっている。

なんとかベッドまで美里を運んだ。美里は胎児(たいじ)のように体を丸め、つらそうに唸りだす。

「氷枕、どこにあります?」

返事はない。自分で探すしかないらしい。

リビング同様にめちゃくちゃになっているキッチンに行き、片っ端から引き出しを開けた。敦彦は自分でも驚くほど冷静だった。想定外の事態とはいえ、訪ねてきた相手が病に臥(ふ)せっていれば、することは決まっているからだ。

氷枕を発見すると、中に氷を入れた。タオルを求めてバスルーム脇の脱衣所に向かった。洗濯済みのタオルが一枚だけ残っていた。

美里の頭の下にタオルで包んだ氷枕を入れた。つらそうに唸るばかりの彼女を寝室に残し、敦彦はリビングに出た。

「……ふうっ」

息をついたものの、安堵の溜息にはならなかった。目の前の惨状に呆然としてしまう。風邪をひいているからしかたがないとはいえ、さすがにひどい。床に落ちていた領収書が眼にとまった。家事代行サービスの領収書だった。なるほど、この部屋がモデルルームのようにきれいに片付いていたのは、業者に頼っていたからなのだ。風邪をひいていては家事代行サービスも呼べず、部屋は汚れていくばかりというわけだ。

まったく……。

少し無理をしすぎなのだ、とせつない気持ちになってくる。仕事をしていれば、家事まで手がまわらなくてもしかたがない。両立できる人間なんて滅多にいない。金で解決できることは解決したほうがいいに違いない。

だが、ダウンしてしまったとき、助けてくれる誰かがいないのはつらい。もし、敦彦が偶然やってこなければ、美里はどうしていたのだろうか。高熱を出しても強気の姿勢を崩さず、回復するまでひとりで唸っていたのだろうか。汗まみれの体で、薄汚れたぬいぐるみを抱いて……。

胸が締めつけられる。

普段は高慢な彼女だけに、弱っている姿がよけいに痛々しい。

「……うわっ」

不意にマツコが胸に飛びこんできたので、敦彦はのけぞった。次の瞬間、ズボンが生温かくなった。犬が興奮しすぎて失禁してしまう、いわゆる「うれション」である。

「おいおい、勘弁してくれよ……」

敦彦は泣きそうな顔になった。かなり盛大なうれションで、ズボンだけでなく、床までしたたっている。

雑巾を探そうと思っても、なにしろ部屋はめちゃくちゃになっている。なんとかティッシュを見つけて拭いたものの、汚れたティッシュを捨てようとするとゴミ箱が飽和状態だった。

どうやら片付けるしかないようだった。許可もなく人の家を掃除するのは気が進まなかったけれど、この状態で帰ってしまうのもしのびない。ゴミをまとめ、洗濯物もまとめると、今度は洗濯機をまわさずにはいられなかった。この部屋にはもう、洗濯済みのタオルが一枚もないのだ。

敦彦はひとり暮らし歴が長いので、掃除や洗濯を苦にしない。しかし、勝手を知らない他人の家なので、作業は捗らなかった。フローリングが見える状態にし、モップでピカピカに磨きあげ、マツコに餌を与えておとなしくさせるまで、二時間かかった。

ソファに腰を落としてひと息ついたが、まだ終わりではない。洗濯機は作動中だし、タオル以外にも洗いたいものがたくさんある。

ひとり暮らしで熱を出したときの苦労なら、敦彦もよく知っていた。いちばんつらいのは、汗に濡れたシーツだ。熱が出ると、とにかく汗をかく。パジャマや下着も、なるべく小まめに着替えたほうがいい。

美里はいま寝息をたてているから、眼を覚ましたら対処をしたほうがいいだろう。彼女が寝ている間に、食事の用意だ。どんな薬を飲むにしろ、なにか胃に入れなくてはならないはずだ。消化のいいものを食べて薬を飲み、清潔な状態でゆっくり寝る——風邪を克服するにはそれが最善の方法であろう。

冷蔵庫の中をチェックすると、冷凍された白米を発見した。これは使える。鶏肉やネギもあったので、雑炊(ぞうすい)をつくった。自慢するほどのことではないが、雑炊は敦彦の得意料理のひとつである。調理が簡単で栄養があってカロリーも低く、なにより残った食材を総ざらいできるから、週に三度は食べている。

洗濯機がとまった。乾燥済みのタオルを畳んで棚にしまった。

次に洗うべきは、なにをおいても汗に濡れたシーツとパジャマだ。

寝室の扉をそっと開け、中に入っていく。いささか申し訳なかったが、苦しそうに眉間に皺を寄せて寝ている美里を、揺すって起こした。

「パジャマとシーツを替えましょう。どこにありますか?」

「ううう っ……」

美里がクローゼットを指差す。すいません、すいません、と心の中で謝りながら、レディのクローゼットを開けた。タイトスーツがずらりとハンガーに吊るされた光景は壮観だった。その下にある整理ボックスを探すと、パジャマとシーツの替えが見つかった。さらに下着を探す。ランジェリーがびっしり詰まった引き出しがあった。純白ばかりだったのは、もうこの際どうでもいい。ショーツを一枚取りだし、引き出しを閉めた。

「着替えて、シーツも替えましょう。俺、外に出てますから……」

寝室から出ていこうとすると、シャツをつかまれた。潤んだ瞳がこちらに向いていた。睨みつけるのと、すがるようなのと、そのちょうど中間のような複雑な眼つきだったが、メッセージは単純だった。

動けないから着替えさせて――。

……やるしかなかった。

敦彦は覚悟を決め、パジャマのボタンをはずしはじめた。ノーブラだったのは想定内だったが、たわわに実った量感が想像を超えていた。一度見ているが、あのときはブラジャーのカップを強引にずりさげたので、全貌はわからなかった。隠すものがなにもない状態だと、丸みが際立っている。ルビーのように赤い乳首もエロい。だがもちろん、そんなことを言っている場合ではない。

替えのパジャマを着せ、今度はズボンを脱がす。白いショーツが股間にぴっちり食いこんでいる。自分で着替えられないなら、ショーツはこのままでいいだろうと判断し、洗濯済みのズボンを穿かせようとしたが、

「……パンツも替えて」

嗄(かす)れきった声で、美里が言った。

「汗まみれで、パンツがいちばん気持ち悪い」

「……ですよねえ」

しかたなく、ショーツを脱がす。顔をそむけようにも、見なくては作業ができない。ふっさりと茂った黒い恥毛が眼に飛びこんでくる。生えている面積は広くないが、縮れの少ない剛毛である。

美里は平気なのだろうか？　恥毛を見られて平気なのか？　敦彦の心臓は爆発しそうなほど高鳴っていたが、彼女はおそらく羞じらうこともできないほどつらいのだ。なんとか気を取り直し、洗濯済みのショーツとズボンを穿かせた。

続いて美里を抱えて起こし、床に座らせてから、シーツを替えた。枕カバーも替え、氷

が溶けてしまった氷枕を撤去する。なんとかベッドメイクを終え、再び美里をベッドに横たえる。玄関で抱えたときにも思ったことだが、全身を弛緩させているので、猛烈に重い。

ヘトヘトになって寝室から出た。

それでもまだ終わりではない。氷枕に氷を入れ、タオルで包んで、美里の頭の下に戻す。

「ごはん、食べられそうですか？」

訊ねてみても寝息しか返ってこなかったので、敦彦はあきらめて寝室を出た。ぐっしょりと汗を吸っているパジャマとシーツを、洗濯機に放りこんだ。

3

「ちょっとお……」

美里の声で、敦彦は眼を覚ました。

「なに人の家ですやすや寝ちゃってんの？　もう朝よ」

「えっ？　ええっ？」

敦彦は一瞬、ここがどこだかわからず、あわてて体を起こした。頭にバスタオルを巻いた美里が、呆れた顔でこちらを見ている。白とピンクのストライプのパジャマは、敦彦が洗濯したものだ。窓の外は白々と明るくなっていて、時計を見ると午前七時前だった。

「か、風邪は……」

「いま半身浴で汗をかいたから、だいぶすっきりした」

美里の言葉に、敦彦は啞然とした。熱があるのに半身浴とは、ずいぶんな荒療治（あらりょうじ）である。汗をかけば風邪は抜けやすいが、それにしても……。

とはいえ、顔色は悪くない。まだ眼つきがトロンとしているものの、快方に向かっているのは間違いなさそうだ。

「今日一日休んでいれば完全復活よ。よかった、今日が日曜日で」

美里が笑い、敦彦も釣られて笑みをつくる。

敦彦はリビングのソファで寝ていた。

ゆうべ、美里の介抱と掃除洗濯で疲れきった敦彦は、そろそろ帰ろうという段になって、急に空腹を覚えた。雑炊をたくさんつくってあったのでそれを食べ、満腹で食休みしているうちに眠ってしまったらしい。

美里は両脚を抱えてしゃがんだまま、こちらをじっと見ている。なにか言いたげな顔をしている。そうだろう、そうだろう。いくら憎まれ口が得意な彼女でも、言うべきことがあるはずだ。

しかし、いくら待っても、美里はなにも言わない。

「なんですか？　俺の顔になんかついてます？」

焦れた敦彦が訊ねると、

「お腹空いた」

予想外の言葉が返ってきた。

「もうホントにペコペコ。なにか食べるものないかしら？」

やれやれ、と敦彦は胸底で溜息をついた。きれいに片付けられたこのリビングを見て、どうしてありがとうのひと言が言えないのだろう。ゆうべの介抱だってそうだ。看護師並みの大活躍をした敦彦に、なぜ感謝を伝えてこないのか。礼を言う前に、お腹空いたなのか……。

まだ完璧に風邪が治っていないからだろう、と敦彦は自分に言い聞かせた。病人相手に腹をたててもしかたがない。ごはんを食べて、薬を飲みたいのだ。

「雑炊がつくってあります」

笑顔で言ってやると、

「ホント？　やるじゃない」

美里も破顔し、立ちあがってキッチンに向かった。敦彦も後に続く。

「温めて、卵落としてから食べてください」

得意げに言ったが、鍋の蓋を開けた美里は、呆然とした顔をした。

「ないじゃない……」

「えっ？」

敦彦もあわてて鍋をのぞきこむ。次の瞬間、ゆうべの記憶が蘇ってきた。少しだけ食べるつもりが、腹がへりすぎていたので全部食べてしまったのだ。美里の分はあらためてつくり直せばいいと思いながら……。

「すぐつくりますっ！」

声をあげ、冷蔵庫を開けた。食材は多少残っていたが、冷凍した白米が在庫切れだった。これはまずい。これからごはんを炊くとなると……。

「雑炊なんてすぐにできないでしょ。わたし、いますぐなにか食べたいの。どうして自分ばっかり食べちゃって、わたしの分を残しておかないかなあ。信じられない……」

「すいません、すいません」

謝るしかなかった。まったくその通りだった。雑炊ができないとなると、他に簡単につくれるものは……。

「ねえ……」

美里が後ろから冷蔵庫をのぞきこんできた。

「それ、なに？」

美里が指差したのは、敦彦が手土産に持ってきたメロンだった。

「すごいじゃない。わたし、メロン大好物なのよ。あなたにしては、気の利いたお見舞いね」

べつにお見舞いのつもりで買ってきたわけではないが、この際どうでもよかった。美里は上機嫌で桐の箱からマスクメロンを取りだし、包丁で半分に切った。

「一気に半分食べちゃおうかな。病人だから許されるわよね」

二分の一のメロンを恭しく両手に持ってテーブルに向かう美里の後ろ姿からは、もはや病人らしき弱々しさなど微塵も感じられなかったが、それもこの際、どうだっていい。

「ちょっと！　スプーン取って」

はいはい、と胸底でつぶやきながらスプーンを持っていく。

「こっち座って」

隣の席にうながされて腰をおろすと、二分の一のメロンを差しだされた。

「僕はいいですよ。美里さんが全部食べてください」

敦彦は苦笑まじりに首を振った。

「そうじゃなくて、食べさせてよ」

美里は平然と言ってのけた。

「わたし、病気になったら、一回そういうことされてみたかったの。本当は雑炊をふうふうして、あーんってやってほしかったけど、メロンで我慢する」

「……マジすか?」

「マジよ」

睨まれた。なぜこうなってしまうのだろうと、土砂降り(どしゃぶ)りの雨に打たれている気分で、敦彦はメロンをスプーンにとった。ゆうべはけっこう頑張ったつもりなのに、お礼も言われないで顎で使われている。

「あーんって言って」

「恥ずかしくないですか?」

「もちろん恥ずかしいわよ。でも、一回やってみたかったから、照れずにやってみるの……ほら」

「……あーん」

敦彦は遠い眼で言い、ふざけた顔で口をひろげている美里にメロンを食べさせてやる。

「うん。やっぱり恥ずかしい」

美里はひとり納得すると、敦彦の手からスプーンを奪い、自分でメロンを食べはじめた。本当に好物らしく、ひと口食べるたびに幸せそうに相好を崩す。

「おいしい。高かったんじゃない?」

「いえ、たいしたことは……」

「嘘ばっかり。これ超高級メロンよ。なんなら、あなたにも食べさせてあげましょうか?あーんってやってみる?」

「……けっこうです」

「なに遠慮してるのよ。ほら、あーんってして……あーん」

やらなければ終わらないようだったので、敦彦は口を開いた。美里がスプーンに載せたメロンを近づけてくる。しかし、食べようとした刹那、それはさっとひっこめられた。敦彦の歯がカチと音を鳴らし、美里はキャハハと笑い声をあげた。唖然とした。こんな子供じみたことをする人だったろうか。

「……熱で頭おかしくなりましたか?」

「そうかもね」

美里は自分の口にメロンを運び、もぐもぐと食べる。敦彦が白けきった顔をしていると、不意に唇を重ねられた。敦彦は仰天(ぎょうてん)して眼を真ん丸に見開いた。顔が燃えるように熱くなっていくのを感じた。

「メロン味のキス。メロンよりいいでしょ？」

美里は言い放ち、キャハハハと手脚をジタバタさせながら笑う。

「あのう！」

敦彦はたまらず声を尖らせた。

「俺たち、気軽にキスするような関係でしたっけ？」

美里の顔色が変わった。

にわかに空気が重苦しくなり、

「……なによ」

美里はプイと顔を向けて立ちあがり、半分も食べていないメロンを残して、洗面所に向かっていった。

4

敦彦は反省した。

彼女は病人だった。そうでなくても病みあがりだ。

だいたい、喧嘩をするために訪ねてきたわけでもない。謝るためだ。そして、別れを告げるためだ。なのに冗談まじりのキスくらいで取り乱してしまうとは、自分はなんてみっともない男なのだろう。

洗面所からドライヤーの音が聞こえてくる。

敦彦は深呼吸をした。何度もして気持ちを落ち着けてから、立ちあがった。

美里は髪を乾かしていた。鏡越しに一瞬眼が合ったが、すぐにそむけられた。敦彦は壁にもたれ、長い黒髪にドライヤーの風をあてる美里をぼんやり眺めていた。すっぴんでもこんなに綺麗なのか、と溜息が出てしまう。顔色がよくなったとはいえ、病みあがりの痕跡(こんせき)はまだありありと残っていて、酔っ払いチークを施しているように頬がピンク色だ。彼女の美貌は、それさえも美しさに貢献させる。子供じみたパジャマに包まれた体から妙に生々しい色香まで漂ってきて、声をかけることができない。

「……ありがとう」

美里が言った。

「あなたのおかげで、早く治った。感謝してる」

「棒読みですよ」

鏡越しに眼が合い、お互いに噴きだした。

「ホントに感謝してるわよ。ちょっと見直したし。意外に頼りになるんだなあって」

「意外にはよけいでしょ」

「いまのは棒読みじゃなかったわよ。心をこめて言いました」

「雑炊が残ってれば、完璧だったんですけどね。すいません、全部食べちゃって……」

「いいわよ、メロンがおいしかったから」

「メロン味のキスも……」

言ってから、しまったと思った。そういう冗談は、この場にそぐわない。

美里の手がとまる。ドライヤーの音だけが、耳障り（みみざわ）なほど洗面所にこだましている。

「……ダメね」

美里はドライヤーのスイッチを切り、長い溜息をつくように言った。

「ひとり暮らしで風邪ひくと、心細くて泣きたくなる……今回は、ちょっと怖かった……

ひとりでいることが……誰かに助けにきてほしかった……まさかあなたが来てくれるとは……思わなかったけど……」

「呼んでくれればいつでも来ますよ……」

敦彦は言った。

「メール一本で、飛んできます……怖くなんかないですよ、風邪くらい……」

自分でも、なにを言っているのだろうと思った。どこから飛んでくるのだろうか。博多からか……。

「で、なにしに来たの？」

「なにか用事があったんでしょ？」

美里が声音をあらためて言った。

「介抱ですよ」

敦彦は笑った。本当のことは、もう言えそうになかった。謝り、別れを告げれば、感極まって涙があふれてきそうだった。

「介抱？　わたしが風邪だって、どうしてわかったの？」

「わかりますよ、それくらい……」

「だからどうして？」

好きだから、と言ったら、美里はどんな顔をするだろう？　反応を見てみたい気もしたが、敦彦は黙っていた。ああ、そうか、俺は彼女が好きだったんだ、と自分の気持ちを噛みしめていた。それさえ認めれば、すべてが腑に落ちた。彼女に抱いている複雑な感情が、なにもかも……。

「超能力？」

「まあ、そんなところです」

「介抱に来たんなら……」

美里がドライヤーを置いて立ちあがった。妙に真剣な面持ちで、敦彦に迫ってきた。後退ったが、狭い洗面所だ。すぐに背中が壁にあたり、息のかかる距離まで顔が近づいてくる。

「介抱に来たんなら、最後まで面倒見て……」

敦彦は曖昧に首をかしげた。

「半身浴じゃ、まだ足りない。風邪って、エッチしたら一発で治るんだから」

とことん荒療治が好きな人らしい。

「僕にうつるんでしょ？」

敦彦は苦笑した。

「いや？」

美里が見つめてくる。瞳が不安に曇っている。

敦彦は首を横に振った。

美里はホッとしたように微笑すると、唇を重ねてきた。すぐにお互い口を開き、舌をからめあう情熱的なキスになっていく。メロンの味は、もうしなかった。美里の舌は、美里の味がした。

抱きしめると、パジャマ越しに体の火照りが伝わってきた。風邪のせいだけではないような気がした。

「ぅんんっ……ぅんんっ……」

はずむ吐息をぶつけあい、唾液と唾液を交換した。美里の風邪がうつってもかまわないと思った。そうしたら、美里は介抱してくれるだろうか。どういうわけか、してくれるような気がした。確信に近かった。美里に介抱されているシーンを想像すると、そこに幸福の形が見えた。高熱でうんうん唸りながらも、幸せを噛みしめられる気がした。

美里も幸せだったろうか？

自分に介抱されて、少しは……。

ベッドに移動した。

キスをしながら、お互い奪いあうように服を脱がしあい、下着姿で倒れこんだ。もつれあっては、キスを繰り返した。

純白のブラジャーとショーツを着けた美里の体をまさぐりながら、敦彦はひどく興奮していた。勃起しきった男根がブリーフを突き破りそうな勢いだったけれど、それ以上に愛おしさで胸がいっぱいだった。ブラジャー越しに乳房を揉んでも、もう乱暴にはしなかった。

「んんんっ……あああっ……」

美里のあえぎ方も、夜の公園のときとはずいぶん違った。せつなげに眉根を寄せ、淫らな顔で息をはずませているのに、どこか微笑んでいるように見える。

背中のホックをはずそうとすると、

「やさしくしてね」

心細そうにささやいてきた。

「わたし処女だから」

「嘘でしょ？」

敦彦は一瞬、動きがとまった。

「二、三年も男がいなけりゃ、処女みたいなものよ」

「二、三年？」

顔をのぞきこむ。美里の眼が泳ぐ。

「もっとでしょ？」

美里は顔をそむけた。

言わなくても察しはついていた。彼女はもうずいぶん長い間、セックスをしていない。セックスに対して、苦手意識があるような気もする。

「わたしはね……ベッドで期待されるのが大嫌いなの。どういうわけか、わたしに近づいてくる男はみんな、わたしがそれはそれはすごいセックスをするんだと思ってるのよ。勝手に期待して、勝手にがっかりするのよ。もううんざり。処女がダメなら、マグロでいいから。マグロが嫌なら、抱かないことね」

そんなことはもうどうでもいい、と敦彦は思った。彼女の過去になにがあろうが、気にしていたって始まらない。美里はいま、自分の腕の中にいる。すべてを明け渡してくれようとしている。それで充分だ。

ブラジャーのホックをはずし、カップをめくった。美里の上にまたがり、たわわに実ったふくらみを両手ですくった。メロンのように丸くても、熟女の乳房は柔らかい。やわやわと揉みしだきながら、赤い乳首を口に含んだ。物欲しげに尖りはじめたそれを、舌先でくすぐるように舐め転がしては、執拗に吸いたてていく。

「あああっ……はぁあああっ……」

美里があえぐ。ピンク色に染まった頬を淫らがましくひきつらせ、半開きの唇をいやらしいまでに震わせる。

マグロにしては感度がよすぎる、と敦彦は内心で苦笑した。どれだけ長くセックスから離れていようが、この体は熟れている。性感が発達しきっている。

それもまた、わかっていたことだった。経験は少なくても、欲望はありあまっているのだ。経験が少ないからこそ、なのかもしれない。そのアンバランスさが、彼女の心を不安定にする。無茶な言動を誘発する。

左右の乳首を唾液に濡れ光らせると、敦彦は後退った。純白のショーツに手をかけると、美里はいやいやと身をよじった。怯えた顔をしているのが、おかしかった。ゆうべは堂々とパンツを替えることを要求してきたのに、セックスになると恥ずかしいのか。あるいは、脱がそうとしている男が、欲望に眼を血走らせているからか。

ショーツをずりおろし、爪先から抜いた。ふっさりと茂った黒い恥毛が、敦彦の眼を射った。どこをとってもエレガントな彼女の体の中で、唯一獣じみたところだった。いっそ似合わないと言いたくなるほどの剛毛が、優美なカーブに彩られた白い下半身に漆黒(しっこく)の影を落としている。

いや……。

もっとも獣じみた部分は、まだ見ていない。剛毛の奥に隠されている、女の器官を……。

たっぷりと脂がのった太腿を、左右に割った。両脚をM字に割りひろげていくと、

「いやっ！」

美里はあわてて股間を両手で隠した。年齢にそぐわない、初々しい反応がひどくそそる。

敦彦は、美里の手をひとつずつ丁寧に剝がし、女の花を露わにした。アーモンドピンクの花が、敦彦の眼前で艶やかに咲き誇る。

「ああっ……」

美里が羞恥にあえぐ。顔はもちろん、耳や首まで赤く染めあげ、恥部を見つめられる羞恥に身悶える。

敦彦は眼を見開き、息を呑んだ。なるほど、獣じみていた。手入れがまったくされていないから、黒い繊毛が花のまわりを覆っている。花びらのまわりの細かい毛が濡れていて、食虫植物を思わせる。

敦彦はぞくぞくしながら舌を伸ばした。花びらの合わせ目を、下から上にそっと舐めあげた。

「んんんっ！」

美里が腰をくねらせる。下から上に、下から上に、舌を這わせてやるほどに、のけぞって喉を突きだし、逞しい太腿を波打つように震わせる。

感じているようだった。

敦彦は、自分が感じているように嬉しかった。花びらがぱっくりと口を開いてくると、口に含んでしゃぶりまわした。左右ともヌメリをとるように丁寧に舐めてから、つやつやと濡れ光る薄桃色の粘膜に舌を差しこんでいく。奥からあふれてきた熱い蜜が、舌にからみついてくる。

「ああっ、いやっ……いやいやいやっ……」

美里はうわごとのように言いながら、髪を揺らして首を振る。両手で枕をしっかりと握りしめ、汗ばんだ乳房を淫らなほどにはずませる。

「あああっ！」

舌がクリトリスに到達すると、言葉を発することはできなくなった。閉じることのできなくなった口から喜悦に歪んだ悲鳴をあげ、身のよじり方も激しさを増していくばかりである。

5

時間がとまっているようだった。

いや、時間を忘れて、敦彦は舌を動かした。

これほどクンニリングスに没頭したのは、初めてかもしれなかった。特別変わったことをしたわけではない。美里の反応を確認しながら、感じやすい部分を探しだして責める。緩急をつけて、舌を動かす。押しては引き、引いては押して、快楽の海に溺れさせていく。

美里の草むらは剛毛なので、それを指でよけながら、クリトリスを舐めた。包皮を剝ききった真珠肉を、舌先で転がすように刺激した。

「あああっ、ダメッ！　ダメようっ！」

美里が切羽つまった声をあげると、あわてて舌を他の部分に移した。彼女のクリトリスが敏感なことは、よく知っていた。なにしろ、一枚の下着越しに圧をかけてやっただけで、絶頂に達してしまった。ならば、舌を使ってイカせることくらい容易そうだったが、まだイカせたくなかった。恍惚の彼方へ、ひとりでゆき果てていってほしくない。

「ねっ、ねえっ……」

不意に美里が上体を起こし、腕をつかんできた。

「わたしにもさせて……いつもわたしばっかり感じさせられて……ずるい……」

「えっ？　させてって……」

敦彦は一瞬、呆気にとられた。もちろん、フェラチオのことを言っているのだろうが、男に奉仕するその行為と美里のキャラがあまりにもかけ離れていたので、頭の中でうまく結びつかなかったのだ。

「いっ、いいですよっ！」

反射的に言ってしまった。

「どうして？」

「美里さんに、そういうのは、あの……似合わないっていうか……」

「そういう問題じゃないでしょ。立って」

しかも仁王立ちフェラなのかよ、と敦彦は息を呑んだ。

「ほら、早く」

尻を叩かれ、おずおずと立ちあがった。

　敦彦はまだブリーフを穿いていた。美里は足元にひざまずくと、両手で思いきりずりさげてきた。そこまでは威勢がよかったのだが、勃起しきった男根が唸りをあげて反り返ると、赤くなった顔をそむけた。あまりに恥ずかしそうなので、敦彦まで恥ずかしくなってきた。

「やっぱり……やめたほうが……」

「なに言ってるのよ……わたし、こう見えて……うっ、うまいんだから……」

　嘘だろうな、と思った。男根の触り方ひとつで、すぐにバレた。握る力が強すぎるし、なによりいやらしさの欠片（かけら）もない。

「うんあっ……」

　泣きそうな顔で、舐めてきた。舌がこわばって、動きがぎこちなかった。咥えこむと、ムキになって唇をスライドさせはじめた。

「あっ、あのうっ……」

　敦彦はたまらず言った。

「もっとやさしく、やってもらえますか？」

　美里は男根を口唇に咥えこんだまま、上目遣いでうなずいた。真剣な表情だった。真剣すぎて、なんだか滑稽（こっけい）だった。

しかし、笑うことはできない。できるはずがない。テクニックなどなにもない口腔奉仕だったが、美里は泣く子も黙る美貌の持ち主だった。男根を咥えこんでいるその絵面だけで、全身の血が沸騰するほど興奮させられてしまう。

おまけに、どういうわけか途中で片膝を立てた。男にかしずくようなその格好が、美里とは異様にミスマッチで、それゆえに興奮度も倍増した。

「気持ちいいです……」

敦彦はささやきながら、美里の頭を撫でた。王様になったような気分だった。美里ほどの美女にフェラチオをしてもらえるなんて……まさかこんな日が自分の人生に訪れるなんて……。

「もういいです」

男根を口唇から引き抜くと、

「なによ。まだ始めたばかりじゃない」

美里は不満そうな顔をしたが、

「美里さんが、欲しくなりました」

まっすぐに眼を見て言うと、美里は恥ずかしそうに長い睫毛を伏せた。

横になり、美里の両脚の間に腰をすべりこませていく。

美里が相手なら、バックが興奮しそうだった。高慢な年上女を、尻を叩いてお仕置きするイメージだ。騎乗位もいい。衝撃的なヴィジュアルに、途轍もない眼福を味わえるに違いない。羞じらいながらも腰を振る彼女の姿を想像すると、口の中に生唾があふれてくる。

だが、いまは正常位以外には考えられなかった。

美里をしっかりと抱きしめたかったからだ。

「いきますよ……」

切っ先を、濡れた花園にあてがった。

美里は祈るような表情で、コクリと顎を引く。ぎりぎりまで眼を細めているが、完全に閉じてはいない。

敦彦は息を呑み、下腹に力をこめた。美里と視線をからめあわせながら、腰を前に送りだしていった。美里の中はよく濡れていた。そして熱かった。まるで煮えたぎっているように……。

「んんんっ!」

美里の顔が歪む。敦彦は上体を被せ、右手でなめらかな肩を抱いた。美里も両手を差しだし、抱擁に応えてくれる。

まだ切っ先が入っただけだった。小刻みに腰を動かしながら、じわり、じわり、と結合を深めていく。

「んんんっ……んんんんっ……」

美里が身をよじる。抱擁が強まり、口づけを求めてくる。

敦彦は唇を重ねながら、さらに奥へと入っていった。奥に行けば行くほど、美里の中は熱くなっていく。灼熱(しゃくねつ)に包みこまれているような気になる。浅瀬で切っ先を出し入れした。できるだけ時間をかけて繋がろうと思っていたのに、突きあげたい衝動がこみあげてくる。腰使いが熱を帯び、肉ずれ音がたちはじめる。

「あああぁーっ!」

ずんっ、と最奥まで突きあげると、美里は眼を見開いた。腕の中で総身をのけぞらせ、ガクガク、ぶるぶる、と震えている。

敦彦は呼吸も忘れて、結合の感触を噛みしめていた。ついに繋がってしまった。美里とひとつになってしまった。もう後戻りはできなかった。ゆっくりと抜いて、入り直した。美里の中で、蜜が音をたてはじけた。

「ああっ、いやあっ……」

美里が羞じらう。男根を抜き差しするたびに、淫らな肉ずれ音がたつ。それを振り払うように、情熱的なキスをしてくる。身をよじりながらしがみついてくる。熟女のくせに初々しいその反応が、敦彦の興奮の炎に油を注ぎこんできた。身震いしながら、本格的に腰を使いはじめた。抜いては入れ、入れては抜き、リズムを起こす。

「んんんっ！　くぅううっ！　くぅうううーっ！」

美里は必死に声をこらえている。あえぐまいと歯を食いしばり、唇を嚙みしめる。だが、次第にリズムに呑みこまれていく。彼女の腰もくねりだす。肉と肉との摩擦感が、一足飛びに強まっていく。

敦彦は奮い立った。

抱擁に力をこめ、怒濤の連打を送りこんだ。男根が鋼鉄のように硬くなっていた。突けば突くほど硬くなり、熱くなっていく。美里の中も煮えたぎっていたが、こちらは火柱のように燃え盛っている。

「おっ、おかしくなるっ……おかしくなっちゃうっ……」

美里が潤んだ瞳ですがるように見つめてくる。

「もっと欲しいんでしょ？」

敦彦も見つめ返す。

「もっと奥まで欲しいんでしょ？」

コクコクとうなずく美里はすでに、肉の悦びに取り憑かれていた。敦彦がしたたかに突きあげると、腕の中であえぎにあえいだ。髪を振り乱して首を振り、白い喉を突きだしつつ、みずからも腰を動かす。一ミリでも深く咥えこもうと、股間を押しつけてくる。

たまらなかった。

「あああっ、いいいいいーっ！」

美里が喜悦の悲鳴をこらえきれなくなると、熱狂が訪れた。凸の形をした男性器と、凹の形をした女性器が、ひとつになったような錯覚が訪れた。リズムがふたつの体を結びつけ、グルーブが生まれる。動けば動くほど快楽は深くなり、意識は高みに昇っていく。肉欲の海に溺れながら、欲望の翼で大空を羽ばたいているような、不思議な感覚に陥っていく。

その一方で、野性のままにまぐわっている一対の獣のようでもある。腰を振りたてながら、敦彦は美里の乳房を揉んだ。くびれた腰も、張りつめたヒップも、蕩けそうに柔らかい太腿も、必死になって手のひらを這わせた。

他の誰でもない、この体に欲情している——そのことを確認したかった。

美里も敦彦の体をまさぐってくる。手当たり次第につかんでは、爪をたててくる。

敦彦は燃えた。ミミズ腫れになりそうなくらい背中を引っかかれても、痛くなかった。

むしろ快感が鮮烈になる刺激だったので、もっと爪を食いこませてほしかった。

「眼を開けてくれ」

眉根を寄せてあえいでいる美里にささやいた。

美里が応えてくれる。眼を開けると、生来の美貌に火が灯ったようになった。小鼻を赤くし、ハアハアと息をはずませている表情が、何十倍もいやらしく見えた。

なにより、他の誰でもない、この女に欲情していることを、見つめあうことで実感できる。ざんばらに乱れた髪が汗で貼りつき、紅潮してくしゃくしゃに歪んだ顔が愛おしかった。イクときは、もっと無残な顔になるのだろうと思った。その顔を見れば、もっと愛おしく感じられるのだろう。

その一方で、自分が射精に達したときの顔も見てもらいたかった。恥ずかしいが、彼女の瞳に映してほしいと願いながら、渾身のストロークを打ちこんでいった。

「もうダメッ……もうダメッ……」

美里が切羽つまった顔で首を振る。

「イキそう？」

うなずいた。

「イキたいですか？」

「イキたいっ！」

即答だった。被せ気味の。

「イカせてっ……このままっ……このままイカせてえええっ……」

可愛かった。あまりに可愛くて、涙が出そうだった。ぐっとこらえつつ、敦彦は連打を放った。女体が浮きあがるほど激しく突きあげ、強く抱きしめた。

「ああっ、イクッ……イクウウウウッ……」

潤んだ瞳を向けたまま、美里は絶頂に駆けあがっていく。ビクンッ、ビクンッ、と腰が跳ねはじめると、さすがに眼を閉じた。きりきりと眉根を寄せて、頬をひきつらせた。

敦彦は突いた。美里のイキ顔が射精のトリガーとなった。まばたきも呼吸も忘れて、怒濤の連打を送りこんだ。腰の裏がざわめき、男根の芯が熱く疼きだす。眼を開けてほしかったが、オルガスムスで五体を痙攣させている女に無理は言えない。ただでさえ、美里のイキ方は激しい。しがみつくように抱擁し、ぶるぶる震えているだけではなく、蜜壺の締まりがすごい。猛烈に吸いついてくる。男の精を吸いだそうとしている。

「こっ、こっちもっ……こっちももう出るっ……」

美里が眼を開けた。

「かけてっ！」

見つめあった。

「顔にっ……顔にかけてっ！」

ええっ？　と思ったが、考える暇はなかった。最後の一打を突きあげると、男根を抜き去った。あわてて膝立ちになり、美里の顔の上で男根をしごく。体中がこわばり、震えている。美里が眼を開けて見つめてくる。全身の産毛が逆立つくらい恥ずかしかったが、それさえ刺激になって身をよじる。

「出るっ……もう出るっ……おおおおおおおーっ！」

雄叫びをあげて、男の精を噴射した。湯気のたつような白濁液が、アクメに紅潮している美貌に次々に着弾していく。

「おおおっ……おおおおおっ……」

敦彦は声をあげながら、男根をしごきにしごいた。美里の蜜がたっぷりついていたので、気が遠くなるほど心地よかった。その一方で、美里の綺麗な顔を汚しているのが申し訳ない。申し訳ないほど興奮する。腰を反らして執拗に吐きだす。発作の間隔が長くなっても搾りだすようにまだ出して、美里の顔を白濁した粘液でデコレートしていく。

もう出ない、そう思った瞬間、美里が体を起こして男根を口唇に咥えこんだ。陶然とした眼つきで舐めまわし、したたかに吸ってきた。

「おおおおーっ！」

敦彦は雄叫びをあげた。ほんの小さくだが、またひとつ発作が起こった。

「もっ、もういいですっ……もう出ませんっ……」

残滓（ざんし）までですべて吸引されると、敦彦は精根尽き果ててあお向けに倒れた。

激しく息があがっていたが、休んでいることはできない。必死に体を起こし、ティッシュを取った。美人というものはザーメンまみれになっても美人なのかと唸りながら、自分の吐きだしたものを拭った。

「すごい……出たね」

美里は男の精が眼に入らないように片方をつぶりながら、悪戯っぽく笑った。

「いつも、こんなことしてるんですか？」

「ううん、初めて」

息をはずませながら首を振る。

「初めてのことが、してもらいたかったの……」

「……そうですか」

「だって……こんなに気持ちよかったの、あなたが前に言ってた、生きててよかったーっていうぐらい気持ちよかったの……初めてだから……」

敦彦は美里を抱きしめ、キスをした。自分の味がしたが、少しも気にならなかった。美里も熱っぽく舌をからめてくる。このまま二回戦に突入しそうな勢いで、お互いの体にしがみついていく。

エピローグ

美里の家の豪華なシステムキッチンで、敦彦は料理をしている。

ローストビーフもチーズフォンデュもペンネアラビアータも、自分のレパートリーにはないものだ。万年床で寝起きしているひとり暮らしの男が、そんな気の利いた料理などつくるわけがない。うまくできる自信はまったくなかったけれど、クックパッドを見ながら食材と格闘し、なんとか形になってきた。

美里はリビングで、大学時代の仲間たちとシャンパングラスを傾けている。休日なのでタイトスーツではなく、白いワンピース姿だ。早くも酔っているのか、薔薇色に輝く頬がまぶしい。

敦彦が料理を運んでいくと、

「似合うじゃない？」

久仁香が赤いエプロンを指差して笑った。

「まさかねー、あなたに主夫の才能があるとは思わなかったなー」

「いや、その……失業中なだけで、主夫じゃないです。このエプロンだって、僕的にはかなり恥ずかしいんですけど……」

敦彦が苦笑まじりに頭を掻くと、

「はずすのは許しませんからね」

美里が睨んできた。

「そのエプロンはこの家の中のヒエラルキーを示す、重要なアイテムだから。わたし、マツコ、あなたの順ね」

「わかってますよ。再就職できるまで、僕の立場は使用人ですよね」

「マツコの世話係よ」

「はいはい……」

敦彦はおずおずとキッチンに引っこんだ。背中でクスクスと笑い声が聞こえた。さすが二十年来の友達ばかりだ。美里が強がっているのをよくわかっている。なにしろ今日は、美里と敦彦の同棲（どうせい）祝いのホームパーティなのだ。毒を吐きながらも美里はひどく幸せそうで、それをみな感じているから笑うのである。

ひと月前、敦彦は勤めている会社に辞表を出した。博多行きをとりやめてほしいと申し出ると役員まで出てきて大騒ぎになり、辞めるしかなくなってしまったのだ。異動の三日前になって突然そんなことを言いだしたのだからしかたがないことだし、覚悟の上でもあった。後悔はしないだろうと思った。仕事なら他にいくらでも見つけようがあるが、美里はこの世に、ひとりしかいない。

問題は、アパートの契約も解除してしまったことだった。住むところがなくなった敦彦に、美里は一緒に住もうと誘ってくれた。

「ごめんなさい。あなたばっかりに負担かけることになって……栄転だったんでしょう？お詫びにってわけじゃないけど、この部屋に引っ越してきたら？　あなたほら、家事が得意じゃない？　働く女としては、なにかと心強いし、そういう人が一緒にいてくれたら……」

最初はそんな殊勝なことも言っていたのだが、いざ一緒に住みはじめてみると、いつもの美里に戻った。やれ掃除の仕方がなってない、やれ料理の味つけが悪いと小言が多く、上から目線で見下してくる。

敦彦はもう気にしないことにした。

いくら強がっていても、ベッドに入ると美里は可愛い。体を重ねる回数が増えるたびに、快感が深まっているようで、そのことに戸惑ってさえいる。戸惑いながらもイッてしまう姿が、最高にそそる。

敦彦は気づいた。普段の上から目線があるせいで、よけいに興奮するのだろうと。ならば上から目線も大歓迎だった。料理のレパートリーは貧しくても、セックスのレパートリーは多彩なのが敦彦なのである。欲求不満の人妻と遊んで覚えたあれこれを、美里にはまだほとんど試していなかった。もちろん折を見て試していくつもりだ。当分の間は、ベッドでのイニシアチブを奪われることなく、彼女を翻弄することができるだろう。

「ちょっといい？」

久仁香がひとりキッチンに顔を出した。

「まさかこんなにうまくいくとは思わなかったなあ。美里のあんな幸せそうな顔、見たことないわよ」

「自分でも驚いてますよ」

敦彦は笑った。

「最初は彼女とどうにかなるなんて、夢にも思えませんでしたからね。いろんな意味で」

「ひとつだけ、言っておきたいことがある」

久仁香は不意に声をひそめ、真剣な面持ちになった。

「いろいろ思わせぶりな情報を吹きこんだけど、彼女、不倫なんかしてないわよ。超堅物で超奥手なだけ。学生時代からそうだったから、不倫なんかできるタイプじゃないの。安心して」

「……そうですか」

敦彦は笑顔でうなずいた。そんなことはわかっていた。わからないわけがない。熟女のくせに、ベッドであんなに初々しい女は見たことがなかった。

「それにしても、やっぱり恋はインスピレーションよね。よかったでしょ、自分の直感を信じてみて」

「久仁香さん、単に見た目で選んだだけって、馬鹿にしてたじゃないですか」

「そうだったかしら?」

眼を見合わせて笑う。

「ちょっとっ!」

美里がシャンパングラス片手にやってきた。

「こんなところでなにコソコソ話してんの?」

「あんたが学生時代にどれだけモテモテだったのか、教えてあげてたの。華やかな恋愛遍(へん)

歴(れき)の数々をね」

久仁香が言うと、

「えっ……」

美里は薔薇色に染まった顔をひきつらせた。

「それは……どんどん吹きこんでよ……言えばいいわよ……その人を嫉妬で狂わせてあげてちょうだい」

すごすごとリビングに戻っていく美里の後ろ姿を眺めながら、敦彦と久仁香はもう一度眼を見合わせて笑った。

俺の美熟女

一〇〇字書評

切り取り線

購買動機（新聞、雑誌名を記入するか、あるいは○をつけてください）

□（　　　　　　　　　　　　　）の広告を見て
□（　　　　　　　　　　　　　）の書評を見て
□ 知人のすすめで　　　　　□ タイトルに惹かれて
□ カバーが良かったから　　□ 内容が面白そうだから
□ 好きな作家だから　　　　□ 好きな分野の本だから

・最近、最も感銘を受けた作品名をお書き下さい

・あなたのお好きな作家名をお書き下さい

・その他、ご要望がありましたらお書き下さい

住所	〒				
氏名		職業		年齢	
Eメール	※携帯には配信できません	新刊情報等のメール配信を 希望する・しない			

この本の感想を、編集部までお寄せいただけたらありがたく存じます。今後の企画の参考にさせていただきます。Eメールでも結構です。

いただいた「一〇〇字書評」は、新聞・雑誌等に紹介させていただくことがあります。その場合はお礼として特製図書カードを差し上げます。

前ページの原稿用紙に書評をお書きの上、切り取り、左記までお送り下さい。宛先の住所は不要です。

なお、ご記入いただいたお名前、ご住所等は、書評紹介の事前了解、謝礼のお届けのためだけに利用し、そのほかの目的のために利用することはありません。

〒一〇一‐八七〇一
祥伝社文庫編集長　坂口芳和
電話　〇三（三二六五）二〇八〇

祥伝社ホームページの「ブックレビュー」からも、書き込めます。
http://www.shodensha.co.jp/bookreview/

祥伝社文庫

俺(おれ)の美熟女(びじゅくじょ)

平成28年 9 月20日　初版第1刷発行

著　者　草凪(くさなぎ)優(ゆう)

発行者　辻　浩明

発行所　祥伝社(しょうでんしゃ)

東京都千代田区神田神保町 3-3

〒101-8701

電話　03（3265）2081（販売部）

電話　03（3265）2080（編集部）

電話　03（3265）3622（業務部）

http://www.shodensha.co.jp/

印刷所　萩原印刷

製本所　ナショナル製本

カバーフォーマットデザイン　芥 陽子

Printed in Japan ©2016, Yū Kusanagi　ISBN978-4-396-34244-9 C0193

祥伝社文庫の好評既刊

草凪　優　**どうしようもない恋の唄**

死に場所を求めて迷い込んだ町でソープ嬢のヒナに拾われた矢代光敏。やがて見出す奇跡のような愛とは？

草凪　優　**ろくでなしの恋**

最も憧れ、愛した女を陥れた呪わしい過去……不吉なメールをきっかけに再び対峙した男と女の究極の愛の形とは？

草凪　優　**目隠しの夜**

彼女との一夜のために、後腐れなく〝経験〟を積むはずが……。平凡な大学生が覗き見た、人妻の罪深き秘密とは？

草凪　優　**ルームシェアの夜**

優柔不断な俺、憧れの人妻、年下の恋人、入社以来の親友……。もつれた欲望と嫉妬が一つ屋根の下で交錯する！

草凪　優　**女が嫌いな女が、男は好き**

超ワガママで、可愛くて、体の相性は抜群。だが、トラブル続出の「女の敵」！　そんな彼女に惚れた男の〝一途〟とは⁉

草凪　優　**俺の女課長**

知的で美しい女課長が、ノルマのためにとった最終手段とは？　セクシーな営業部員の活躍を描く、企業エロス。

祥伝社文庫の好評既刊

藍川 京ほか
秘本 黒の章
ようこそ、快楽の泉へ！ 草凪優・藍川京・安達瑶・白根翼・小玉二三・子母澤類・八神淳一・牧村僚

睦月影郎ほか
秘本 紫の章
睦月影郎・草凪優・八神淳一・庵乃音人・館淳一・小玉二三・和泉麻紀・牧村僚

草凪 優ほか
秘本 緋の章
溢(あふ)れ出るエロスが、激情を掻(か)きたてる。草凪優・藍川京・安達瑶・橘真児・八神淳一・館淳一・霧原一輝・睦月影郎

草凪 優ほか
禁本 惑わせて
人妻の誘惑、愛人の幻惑、恋人の要求、隣人の眼差し——あなたなら、誰を選ぶ？ 男を惑わせる、官能の楽園。

草凪 優ほか
私にすべてを、捧げなさい。
草凪優・八神淳一・西門京・渡辺やよい・櫻木充・小玉二三・森奈津子・睦月影郎

牧村 僚ほか
秘戯X (eXciting)
睦月影郎・橘真児・菅野温子・神子清光・渡辺やよい・八神淳一・霧原一輝・真島雄二・牧村僚

〈祥伝社文庫　今月の新刊〉

東川篤哉
ライオンの棲む街
平塚おんな探偵の事件簿1
美しき猛獣こと名探偵エルザ×地味すぎる助手美伽。格差コンビの掛け合いと本格推理!

渡辺裕之
殲滅地帯　新・傭兵代理店
リベンジャーズ、窮地!　アフリカ・ナミビアへの北朝鮮の武器密輸工作を壊滅せよ。

西村京太郎
十津川警部　哀しみの吾妻線
水曜日に起きた3つの殺人。同一犯か、偶然か?　十津川警部、上司と対立!

早見和真
ポンチョに夜明けの風はらませて
笑えるのに泣けてくる、アホすぎて愛おしい男子高校生の全力青春ロードノベル!

安東能明
侵食捜査
女子短大生の水死体が語る真実とは。『撃てない警官』の著者が描く迫真の本格警察小説。

草凪　優
俺の美熟女
羞恥と貪欲が交錯する眼差しと、匂い立つ肢体。俺を翻弄し虜にする、〝最後の女〟……。

天野頌子
警視庁幽霊係の災難
コンビニ強盗に捕まった幽霊係。美少女幽霊、霊能力者が救出に動いた!

広山義慶
女喰い〈新装版〉
これが金と快楽を生む技だ!　この男、最強のエリートにして、最悪のスケコマシ。

喜安幸夫
闇奉行　娘攫い
美しい娘ばかりが次々と消えた……。娘たちを救うため、「相州屋」忠吾郎が立ち上がる!

佐伯泰英
完本 **密命**　巻之十五　無刀　父子鷹
「清之助、その場に直れ!」父は息子に刀を抜く。金杉惣三郎、未だ迷いの中にあり。